L'APPRENTI LIBERTIN

DU MÊME AUTEUR

LE MYTHE DE LA PROCRÉATION À L'ÂGE BAROQUE, 1977, Pauvert. 1981, coll. Points, le Seuil.

LE TRIBUNAL DE L'IMPUISSANCE (virilité et défaillances conjugales dans l'ancienne France), 1979, le Seuil.

GABRIELLE PERREAU, FEMME ADULTÈRE, roman, 1981, Grasset. Le Livre de Poche, 1984.

MYTHOLOGIE DE LA FEMME DANS L'ANCIENNE FRANCE, 1983, le Seuil.

LA VEUVE SANGLANTE, roman, 1985, Grasset.

LA LONGUE TRAQUE DE LA VARIOLE, les pionniers de la médecine préventive, 1986, Librairie Académique Perrin.

PIERRE DARMON

L'APPRENTI LIBERTIN

roman

BERNARD GRASSET

PARIS

Chapitre premier

Le vicomte Édouard de Tonon-Laroche était apparenté par des liens de cousinage au troisième degré à l'illustre famille des d'Aiglemont en général, et au président Charles-Henri d'Aiglemont, comte de Vaudrémont, en particulier.

Fort de cette parenté flatteuse, il aimait à dire qu'au nombre des mystères de la nature, il n'en est point de plus beau que le spectacle d'une source vive qui se divise en plusieurs rameaux. L'eau y coule, claire comme le cristal, venue des profondeurs de la terre. Mais qu'un ruisseau limoneux vienne se joindre à l'une de ces branches, et c'en est assez pour que la souillure, en remontant jusqu'à la source, trouble le cours tout entier.

Ainsi en était-il des grandes maisons. D'âge en âge et de siècle en siècle, elles se divisent en de nombreuses lignées où se perpétuent les qualités qui font l'ornement de la noblesse : l'honneur et la vertu. Il suffisait donc que la honte et le déshonneur s'abattent sur une seule de ces lignées pour que la prévention, en jetant ses tentacules dans tous les sens, ternisse l'éclat de la maison tout entière.

Édouard de Tonon-Laroche n'était pas des plus fortunés, mais il était l'un des plus grands seigneurs de la province de Berry par l'antiquité de sa maison et par les services que les gens de sa race avaient rendus à la majesté des rois. Ce solide hobereau aux traits burinés par le soleil, à la stature massive, se disait nanti de onze quartiers de noblesse, mais il n'en avait jamais prouvé que six. Les mauvais esprits lui contestaient même la légitimité de la moitié des blasons qui ornaient sa salle d'armes.

Seigneur de La Châtre, il vivait sur des terres où le luxe des parvenus n'était pas encore porté au point d'éclipser l'éclat d'une origine illustre. Son pouvoir seigneurial s'étendait sur plusieurs hameaux, mais en dépit de l'acharnement de ses feudistes à déterrer d'antiques terriers, ses droits féodaux rentraient mal, et comme il ne voulait pas avoir recours aux armes que lui donnait sa qualité de justicier seigneurial pour s'épargner la honte de faire éclater son impuissance au grand jour, il en était réduit à cultiver à la dérobée ce peu d'arpents de terre en deçà desquels on ne déroge pas. Dans le même temps, son épouse Élisabeth, elle-même apparentée aux Châtillon, s'employait à sauver ce qui pouvait l'être dans ce vieux manoir fossoyé qui dominait de la Combraille le vaste domaine de La Châtre et prenait, de jour en jour, des allures de métairie.

En cette année de 1788, l'air du temps était mauvais. La bourgeoisie toisait la noblesse de haut, la fine fleur de la noblesse donnait dans la débauche l'image la plus détestable d'elle-même, et tout ce que la tradition avait légué de solide à la postérité faisait naufrage dans le désordre des idées nouvelles. Des bourgeois de Tours ou de Limoges, négociants ou avocats de leur état, avaient même porté l'insolence jusqu'à se faire bâtir quelques folies dans les parages. Édouard de Tonon-Laroche s'était alors aperçu avec consternation qu'au contact de ces gens-là, des curés de la région s'étaient laissé gagner par la contagion des chimères à la mode et professaient les idées de Jean-Jacques Rousseau.

Tonon-Laroche était père de trois enfants : Antoine, l'aîné, âgé de vingt-deux ans, Guillaume, le puîné, de quinze mois son cadet, et Jérôme, le benjamin, qui entrait alors dans sa dix-neuvième année. Et comme il ne lui restait que l'honneur pour tout bien, le hobereau vivait avec l'espoir que nul miasme ne viendrait jamais souiller sa source d'eau vive ainsi divisée en trois belles branches.

Tout au long de sa vie, il avait amassé le pécule nécessaire pour doter ses enfants d'un établissement conforme à ses ambitions. Antoine, qui faisait son droit à Paris, serait de robe, et, nanti d'une charge de conseiller de parlement, il veillerait sur l'intégrité du patrimoine. Guillaume, qui serait d'épée, venait de prendre ses grades à l'École militaire. Il perpétuerait les traditions de bravoure qui font la gloire de l'ordre, et Jérôme serait d'Église.

Antoine était intelligent et ambitieux. Son père,

qui voyait en lui le plus digne représentant de la race des Tonon-Laroche, ne faisait pas grand cas de ses défauts qui n'étaient, selon lui, que l'éphémère apanage de la jeunesse. Car cet aîné était aussi étourdi, léger, présomptueux, moqueur, volage, parfois licencieux, et certains allaient même jusqu'à dire qu'il était doté des tempéraments les plus divers.

Guillaume n'avait que des qualités. Il était vif, gracieux, enjoué, ingénieux, courageux, sage, d'une grande bonté et, plus encore, d'une grande beauté. Avec sa tête bien faite de chérubin aux yeux bleus et doux, sa bouche aimable et bien meublée, son sourire d'ange, ses cheveux blonds et déliés dont certains retombaient sous forme de boucles sur le front, et son expression de candeur et de bonne humeur perpétuelle, il ressemblait à l'Amour. Mais son uniforme blanc de sous-lieutenant des dragons lui conférait en même temps cet air de martiale gravité sans lequel on l'aurait sans doute donné pour efféminé.

Jérôme était docile à souhait, docile comme on doit l'être lorsqu'on est le cadet d'une grande famille. Il était également savant, modeste, bien élevé, pudique et timide au point de rougir pour peu de chose. Voué à la contemplation des choses divines, on l'aimait dans toute la contrée où il s'était rendu illustre par l'exercice ingénu des bonnes œuvres. Et comme il était bien connu pour l'honnêteté de ses mœurs, son goût pour l'étude et son horreur innée pour toutes les choses du sexe, Monsieur de Clairval, évêque de Tours, lui avait donné le canonicat de Saint-Amand en attendant qu'il eût obtenu la prêtrise avec ses lettres de théologie.

Jérôme allait donc, un peu perdu et l'air songeur, de par les chemins creux et les sentiers boisés, d'une paroisse à l'autre, d'un hameau à l'autre, prêcher le bien, proclamer l'égalité de tous et annoncer à toutes les bonnes gens du pays qu'il n'existait aucune différence entre le riche et le pauvre, entre le noble et l'ignoble, en sorte que l'on aurait juré entendre le discours d'un prosélyte des idées nouvelles, s'il n'avait été de notoriété publique que le jeune chanoine parlait au nom de la miséricorde divine et dans l'esprit de l'ancienne charité chrétienne. D'ailleurs, on le voyait toujours plongé dans la lecture de saint Jean Chrysostome, de *la Cité de Dieu*, des *Soliloques* de saint Augustin et de l'Épître aux Romains de saint Paul, et comme il était fait à ravir avec son beau visage de galantin où brillaient tous les bonheurs paisibles de la jeunesse immaculée, les petites paysannes des paroisses voisines de La Châtre disaient toutes d'une même voix, en le voyant passer, lui, si joli et si bien moulé dans sa robe de chanoine : « N'est-ce point dommage ! N'est-ce point un crime ! »

Le vicomte de Tonon-Laroche savourait donc les joies du foyer et, en dépit des malheurs du temps, il croyait toujours en sa bonne étoile grâce aux bontés d'une providence qui lui avait fait don de trois enfants tournés selon ses vœux lorsque, par une belle journée d'été, il s'en fallut de peu que l'irruption d'un ruisseau bourbeux ne vînt troubler le cours de ces eaux pures.

A quelques lieues de La Châtre, sur les terres d'Argenton, vivait, dans un château qui avait la physionomie des vieux âges, l'illustre famille des Condemine. Cet intègre lignage le disputait aux Tonon-Laroche pour l'antiquité du nom, les quartiers de noblesse, les blasons, les vertus, le point d'honneur et la pauvreté. L'identité d'état étant mère de la communauté d'intérêts, il était convenu de longue date que la demoiselle Anne de Condemine, puînée de la race, qui était fille d'honneur et de bon sens, serait donnée à Antoine de Tonon-Laroche sitôt qu'elle serait en âge de faire le libre choix de son époux, car il s'agissait là d'une affaire de cœur plus que de raison. De part et d'autre, on fit donc assaut de civilités, on mit sur les plateaux de la balance force quartiers de noblesse et arpents de terre et, lorsque l'affaire fut conclue, on passa acte par-devant notaire. Les bans furent publiés, la cérémonie nuptiale fixée au 17 septembre 1788 et les futurs époux avisés.

Anne de Condemine était dans sa quinzième année. Cette fleur de jeunesse confite d'innocence avait de grands yeux marron où brillait la flamme de la vivacité et l'expression du caractère le plus doux. Bien qu'elle fût d'illustre ascendance, son père, le chevalier Antoine de Condemine, ne croyait pas que la naissance dût lui tenir de tout autre mérite. Il pensait que, supérieur à autrui sur un seul point, il ne fallait pas céder sur les autres. Il s'étudia donc à former le cœur et l'esprit d'Anne, lui donna des maîtres et fit naître en elle tous les talents. La jeune fille avait ainsi porté au plus haut degré de perfection l'art de toucher le clavecin. Or, c'est précisément en la regardant et en l'écoutant jouer de son instrument favori que Jérôme se sentit, pour la première fois de sa vie, dans un état proche de la combustion, sans savoir au juste si cette sensation nouvelle était de bien-être ou de malaise.

En présence des deux familles réunies au grand complet, on fêtait ce jour-là, dans le château de La Châtre, les noces prochaines qui devaient transformer une amitié de bon voisinage en alliance familiale, et toute la Champagne berrichonne, que cette perspective mettait dans l'empressement, avait un air de fête.

Mais subjugué par la puissance magnétique du charme, Jérôme n'avait d'yeux que pour cette expression simple et naïve de distinction pudique et ce joli visage penché sur le clavier avec une expression de tendre recueillement.

Le concert se termina sous les applaudissements du public et, lorsque Anne de Condemine remercia ses admirateurs en faisant sa révérence, son regard s'attarda sur le visage du chanoine. Cette étrange révolution n'avait pas échappé à la sagacité d'Antoine, mais l'aîné se donna l'air de n'en avoir cure. Pendant toute la prestation, il n'avait d'ailleurs cessé de murmurer avec une moue de dédain : « Sonate, me veux-tu ? J'ai toujours bâillé aux sonates. »

La récréation musicale fit place aux conversations et, tandis que Jérôme se précipitait vers Anne pour lui faire mille compliments, les deux familles portèrent une coupe de vin de Champagne à la prospérité des futurs époux.

« Monsieur le Vicomte, dit le chevalier de Condemine, c'est pour nous un grand honneur que d'entrer dans une famille apparentée aux d'Aiglemont.

— Monsieur, répondit Tonon-Laroche avec beaucoup de modestie, gardons la mesure. Le mérite des d'Aiglemont et l'éclat de mon cousin, le président Charles-Henri, comme la vertu de son épouse, Anne-Sophie, ne doivent rien aux Tonon-Laroche.

— Monsieur, dans une famille de qualité, l'honneur et le sang ne se partagent pas.

— Monsieur, il suffit. Buvons à notre santé.

— Et à la santé du roi, monsieur. »

Et les coupes se vidèrent à l'unisson.

« Oui, reprit le chevalier de Condemine, que Dieu garde sa santé à notre souverain, mais plaise au Ciel qu'il lui donne dans le même temps la conscience des affaires du royaume.

— Louis est pourtant le meilleur des hommes et des pères, fit remarquer Guillaume.

— Mais le plus piètre des rois, monsieur, répondit Condemine.

— Qu'entendez-vous par là ? demanda Élisabeth de Tonon-Laroche.

— Que le roi, madame, est né pour porter la couronne, mais qu'il se trouve bien incapable de la soutenir.

— On le dit fort soucieux de la prochaine réunion des états généraux, déclara Tonon-Laroche.

— C'est bien là le dernier de ses soucis, répliqua Condemine. Tenez, le subdélégué m'a récemment confié que, de passage à Versailles, notre intendant l'avait entendu dire au duc de Luxembourg : "Me voilà bien aise, monsieur, on me laissera tranquille désormais. Je renverrai aux états généraux ceux qui me casseront la tête avec leurs prétentions, et pendant que ces gens seront en séance, je pourrai m'occuper de mes serrures."

— A la vérité, le roi se fait bien des illusions, enchaîna Tonon-Laroche. Il est de la dignité d'un prince de tenir ses sujets en bride et de les faire payer comme il lui plaît. Les consulter, les tenir au courant de nos affaires, ce serait la porte ouverte à tous les désordres… »

Et cependant, Jérôme, qui s'était assis à côté d'Anne de Condemine, la serrait toujours de plus près, en sorte que leurs genoux furent tout près de se rencontrer. Il lui parlait avec empressement et précipitation, et ses paroles venaient mourir sur ses lèvres en s'entrechoquant. Mais personne ne s'en souciait, tant il était convenu qu'un chanoine ne pouvait parler que de choses très saintes. Le futur époux, seul, suivait de près l'état de leurs affaires. Il s'approcha de son frère et lui chuchota dans le creux de l'oreille : « Elle t'intéresse, l'abbé ? Eh bien, elle est à toi ! »

« … Les parlements eux-mêmes ne tarderont pas à reconnaître tout ce que cette convocation a de funeste, poursuivait Tonon-Laroche. Ils ne seront plus rien si elle a lieu. Quoi ! rassembler une foule de parleurs inviolables, ce serait tomber dans un guêpier mille fois plus dangereux que celui dans lequel le ministère est tombé, l'an dernier, en convoquant l'Assemblée des notables.

— D'autant, souligna Condemine, que Versailles est le théâtre d'une empoignade comme on n'en a jamais vu depuis les débuts de la Fronde. Calonne en Angleterre, le comte Adhémar veut sa part de gouvernement, et l'abbé de Vermond, que la chute de Brienne et le retour de Necker ont mis dans le désespoir, s'efforce d'éloigner la reine des mesures de conciliation qui eussent pu ramener la paix des esprits... »

A ces mots, Antoine éclata de rire. Le chevalier de Condemine lui demanda la raison de cette soudaine hilarité.

« La paix des esprits... la paix des esprits... s'exclama-t-il, réjouissez-vous, messieurs, réjouissez-vous. Je reviens de Paris, où je poursuis mes études, et nos affaires vont bien, quoi qu'on dise !

— Qu'entendez-vous par là ?

— Que la curée sera bonne.

— Mais encore ?

— Que le roi fait venir pour notre compte un grand concours de provinciaux mal décrottés de leur terroir et que ces gens-là, qui ne connaissent ni Paris ni Versailles, auront de l'argent à dépenser.

— Je ne vois pas...

— Je vois, moi, messieurs, avec la clarté d'une

pythonisse, qu'étant sur le point de prendre femme et d'avoir enfants, comme on me l'a annoncé l'autre jour à mon retour, il n'entre nullement dans mes intentions de les faire subsister au moyen de quelques arpents de terre cultivés à la dérobée pour satisfaire certain point d'honneur. Donc, j'ai l'intention de plumer nos provinciaux jusqu'à la petite bourse du curé à portion congrue.

— Te ferais-tu détrousseur ? demanda Guillaume.

— Honnêtement s'entend, chérubin. »

Tout le monde était intrigué et inquiet. Mais, le sourire aux lèvres, Antoine parla d'abondance :

« J'étais, l'autre jour, en visite de courtoisie dans l'une de ces maisons de la capitale... une maison... comment dirais-je... vous savez, l'une de ces maisons où l'on est certain de trouver à prix fixe des consentements indiscutés, bref ! dans l'une de ces maisons comme l'on en voit du côté du Palais-Royal, et la belle Sophie Arnould se mettait précisément en état de me prodiguer ses faveurs lorsque le marquis de Thibouville fit une entrée bruyante dans l'enclos de Vénus. Il faut vous dire, messieurs, que ce marquis est un homme très singulier, qu'il a voyagé aux quatre coins du monde et qu'il préfère à toutes les sociétés les plus distinguées, celle des courtisanes de Paris et des bayadères de l'Orient. Il aime, dit-il, ses aises et ses plaisirs, mais comme les grandes dames l'incommodent sans valoir mieux, il préfère la compagnie des péripatéticiennes. Or, Thibouville semblait tout échauffé et parlait en tremblant : “Mes amis, nous dit-il, souhaitez-moi bon voyage, je pars demain matin. — Et où allez-vous donc, vieux père ? demanda la belle Sophie. — Au diable, s'il le faut, mais je ne reste pas en France. Je viens d'apprendre la convocation prochaine des états généraux et je ne veux pas me trouver en face de ces gens-là. — Et quelle peur vous causent-ils, compère ? demandai-je à mon tour. — Une bien grande, Tonon. Ils bouleverseront tout et peut-être, grâce à eux, la mode viendra de nous mettre la tête sous les pieds. — Quelle extravagance, vieux père ! s'exclama Sophie, je crois plutôt qu'ils nous mettront quelque chose d'autre ailleurs.” Et ce faisant, la coquine joignait le geste à la parole. “Pour être plus près du roi, ajouta-t-elle, je pense que ces messieurs se réuniront à Versailles. Donc, nous allons, nous aussi, nous y transporter, et vous Thibou, comme vous, Tonon, vous userez de votre rang et de votre pratique du monde pour rabattre le gibier. Messieurs, il y a gros à glaner et je gage que nous mettrons ces états dans tous leurs états.” Ainsi parla Sophie Arnould, conclut Antoine avec le même sourire de contentement, vous voyez bien, messieurs, que l'humeur chagrine n'est point de mise. »

A ces mots, Édouard de Tonon-Laroche porta la main à son cœur et chacun crut qu'il allait tomber en syncope. C'est alors qu'en présence d'une assistance consternée, Guillaume fit preuve d'un esprit d'à-propos singulier. Il éclata de rire et, en donnant quelques tapes amicales sur le dos de son frère, s'exclama : « Ah !... Ah !... vieux frère ! Tu ne changeras donc jamais... Toujours prêt à faire état de tes imaginations en public pour peu que le vin te monte à la tête ! »

Pour sauver la mise, la compagnie lui emboîta le pas et le rire fut général. La petite Anne, seule, restait grave et versait quelques larmes sous le regard attendri et compatissant de Jérôme.

Dans le calme retrouvé, le chevalier de Condemine, qui songeait moins aux pensées secrètes de sa fille qu'à la sauvegarde de ses intérêts et à la majesté de ses alliances, se déclara même ravi à l'idée d'avoir pour gendre un homme d'esprit. Enfin, lorsque vint l'heure des séparations, on se félicita de l'exquise convivialité des Tonon-Laroche et l'on évoqua avec beaucoup de civilité la perspective d'une union qui s'annonçait sous de si bons auspices.

Mais, au fond de lui-même, Édouard de Tonon-Laroche ressentait comme une brûlure l'éclat de son aîné et le poids de l'opprobre. Encore était-il loin de se douter que la beauté d'Anne de Condemine venait d'allumer dans le cœur encore novice de Jérôme une passion prématurée et que le chanoine lui préparait, plus cuisant s'il se peut, un nouveau tour de sa façon.

Chapitre deux

Le temps passa. On approchait de la mi-août. La Châtre coulait des jours paisibles d'innocente allégresse et de bonheur. Le souvenir de l'éclat s'estompait et chacun voyait maintenant dans les propos d'Antoine tant de sagesse et de bon sens que l'on mit l'affaire sur le compte d'une humeur vagabonde. Edouard de Tonon-Laroche rayonnait de contentement. Il venait de recevoir une dépêche écrite de la main même du comte de Brienne, ministre de la Guerre, l'avisant que, sur requête personnelle du président d'Aiglemont, le sous-lieutenant Guillaume de Tonon-Laroche était invité à prendre ses quartiers, vers la fin du mois, dans le régiment du colonel de Noinville, à Metz. Quant à Jérôme, il avait retrouvé tous ses esprits et le trouble de son cœur s'était dissipé dans la lecture des auteurs latins.

Par l'une de ces chaudes matinées où l'air s'embaume de l'haleine des fleurs, il s'en allait, comme à son ordinaire, de par le grand pré qui borde le domaine de La Châtre en méditant les *Soliloques* de saint Augustin, lorsque des chapelets de cris enfantins le tirèrent de ses contemplations. Un prompt mouvement le détourna de son chemin. Il s'approcha d'un bosquet d'où, dissimulé à l'ombre des mélèzes et des vieux saules, il découvrit, dans le havre d'un ruisseau, une théorie de naïades en coiffes tombantes et chemises de mousseline qui s'ébattaient dans les flots en égrenant de petits rires. Tout autre que lui eût frémi d'embarras à l'idée de se glisser dans ces parages indiscrets, mais Jérôme avait le cœur si pur qu'il ne vit rien d'autre que l'œuvre de la Providence dans la beauté de ces fillettes à demi dévêtues.

Elles se débattaient dans l'eau, tombaient, se relevaient, s'éclaboussaient, se couraient les unes après les autres et se prenaient par le bras ou la cheville avec tant de grâce que ces nymphes de Calypso donnaient aux jeux les plus simples la perfection du ballet le mieux réglé. Soudain, au milieu du tourbillon enchanté, Jérôme aperçut Anne de Condemine et son cœur se mit à battre comme il n'avait jamais battu depuis ce jour fameux où un séminariste venu de Lille lui avait fait le commentaire de l'Épître aux Galates.

Les baigneuses regagnèrent bientôt la berge et se mirent à fourrager dans les hautes herbes en se dirigeant vers une cabane de belle toile où elles trouvèrent refuge pour se reposer de leurs ébats. Jérôme s'en approcha à pas de loup, écarta deux pans de toile avec précaution et, par une fente imperceptible, fraya à son regard un chemin défendu. Il découvrit alors un spectacle dont l'agrément le mena au bord de la défaillance.

Alors même qu'elles effleuraient, au moyen de draps d'Angleterre, leur peau mouillée, les nymphettes se faisaient mille politesses sur les splendeurs dont la nature les avait pourvues. Elles s'extasiaient aussi devant l'éclat de leur carnation et, pour en apprécier le velouté, elles se caressaient les unes les autres sans faire mystère de leurs parties secrètes. Par la précision de son doigté et la complaisance avec laquelle elle s'offrait, Anne de Condemine semblait même l'âme folâtre de l'étrange effusion, en sorte que Jérôme la trouva plus aimable que jamais. Le chanoine en fut fortifié dans ses idées de religion, car s'il est vrai, pensa-t-il, que la nudité honteuse et les attouchements impudiques sont choses très détestables, comme l'enseignent les docteurs en Sorbonne, il faut croire que la perfection de Dieu est infinie puisqu'il a mis de la beauté et de la pureté même dans les infamies.

Lorsque les frêles créatures se glissèrent dans leurs vêtements, Jérôme s'esquiva à la hâte, mais le feu qui couvait sous la soutane alluma l'incendie dans un embrasement considérable. On le vit, dès cet instant, dans un tourbillon de feux follets, arpenter les campagnes à l'étourdie, marchant sans but ni rive, parlant de tout ou de rien, car le souvenir de cette vision le harcelait sans trêve et son imagination se peuplait d'étreintes impuissantes, de caresses stériles et d'abandons inutiles. Mais comme on le savait fantasque à ses heures, personne n'y prit garde.

Un soir, pourtant, il perdit tout à fait la raison,

enfourcha une monture d'un geste d'automate et s'élança à bride abattue en direction du château des Condemine. C'était une demeure de vieilles pierres de Berry, moussue et corsetée par le lierre et la treille. Elle formait une masse sombre que trouait, au premier étage, la faible clarté d'une fenêtre grande ouverte. Là était Anne. Alors, oubliant que sa présence en ce lieu à une heure avancée de la nuit était un crime, Jérôme escalada le lierre et se hissa jusqu'au lieu qui excitait ses convoitises.

A la lueur de trois chandelles, Anne de Condemine, assise dans un fauteuil d'osier, se mirait dans la glace de sa coiffeuse, comme plongée dans une méditation sans motif. Ses cheveux dénoués flottaient sur ses épaules nues dans un désordre exquis. Elle prit une brosse, y mit bon ordre, ôta bagues et bracelets et dégrafa son corsage. Elle dénouait sa ceinture lorsque Jérôme enjamba le balconnet et se jeta à ses pieds.

« Vous, ici ! » dit-elle dans un murmure de stupéfaction.

Mais sans mot dire, le chanoine baignait déjà de larmes les mains de sa belle.

« Ne savez-vous pas, monsieur, ce que cela veut dire, à une heure voisine de minuit ? »

Et comme l'indiscret persistait dans son mutisme :

« Ah ! monsieur, vous êtes perdu et je le suis aussi... Votre frère...

— Mon frère, ma tendre amie, est dans l'emportement de ses idées libertines, et il fait si peu cas de votre personne qu'il m'a donné licence, l'autre jour, de vous aimer à ma convenance. »

A ces mots, Anne ferma les yeux et versa quelques larmes.

« Votre état, monsieur...

— Nul engagement ne me lie encore à un état quelconque. Je ne suis...

— Monsieur, je ne survivrai pas au déshonneur dans lequel votre hardiesse me... »

Anne se tut. Elle tendit l'oreille, les yeux grands ouverts figés par l'épouvante. Des pas résonnaient dans le couloir en direction de sa chambre.

« Mon père » murmura-t-elle plus morte que vive.

On frappa contre la porte à petits coups répétés et une voix douce se fit entendre :

« Dormez-vous, Anne ?... Dormez-vous ?... C'est bon, ma fille, dormez en paix... »

Et les pas s'éloignèrent.

Anne et Jérôme respirèrent à pleins poumons, et comme le soulagement qui succède à l'angoisse secoue le joug des convenances, ils s'élancèrent dans les bras l'un de l'autre et, dans un grand élan d'amour pur, se jurèrent une passion absolue et une fidélité éternelle en guise de prélude aux effusions qui durèrent toute la nuit.

Avant que les premières clartés de l'aurore ne fissent éclater le chant du coq, les deux amants se glissèrent le long de la treille, se dirigèrent vers le bosquet où Jérôme avait laissé son cheval et prirent le chemin de Tours. Arrivés à bon port, le jeune homme se présenta à l'évêché et demanda audience à Mgr de Clairval qui le reçut avec beaucoup de civilité. Le chanoine lui déclara qu'ayant décidé de renoncer à l'état ecclésiastique pour épouser la future femme de son frère, qui n'en voulait pas, et qu'il venait de déflorer, il attendait de l'évêque, dont il savait l'infinie bonté, une intercession généreuse auprès des Condemine et des Tonon-Laroche afin que ces derniers apprennent, de la bouche même d'un saint homme, que c'était là la voie de la sagesse. Monseigneur répondit qu'il voyait dans cette décision la marque d'un empressement excessif. Mais Jérôme protesta de la sincérité de ses sentiments en précisant que, s'il le fallait, tous deux iraient s'unir, contre vents et marées, dans une paroisse lointaine. A ces mots, l'évêque fronça les sourcils :

« Où est cette jeune personne ? demanda-t-il.

— A l'auberge du *Cheval d'or*, monseigneur, nous y avons loué une chambre dans l'attente de l'heureux dénouement.

— Sage décision. Tonon-Laroche, vous me posez là un cas de conscience d'importance. Donnez-moi, je vous prie, le temps d'y songer. Retournez auprès de la demoiselle de Condemine. Je vous ferai mander tantôt pour vous informer du fruit de mes réflexions. »

Mais tantôt, la maréchaussée fit irruption au *Cheval d'or*. Anne et Jérôme furent jetés dans un fiacre et ramenés sous bonne escorte dans leurs logis respectifs.

Lorsque la nouvelle du rapt fut portée à sa connaissance, Édouard de Tonon-Laroche eut une défaillance. Mais, sitôt remis, il en prit son parti en brave et fit savoir aux Condemine qu'il avait décidé de laver les deux familles de l'affront qui les souillait au cours d'une cérémonie purificatrice qui se déroulerait, le 25 août, en la salle d'armes de son château de La Châtre.

On convoqua le ban et l'arrière-ban et, ce jour-là, tout le monde se retrouva sur pied de guerre, à l'exception d'Antoine, qui était à la chasse, et d'Anne, qui se mourait de langueur. L'évêque de Tours et le subdélégué étaient eux-mêmes présents. Le chevalier de Condemine se donnait des airs de suprême impassibilité. Élisabeth de Tonon-Laroche pleurait à chaudes larmes et ne cessait de répéter : « Non, non, Édouard, ne faites pas cela, je vous prie... » Mais le maître de céans répondait : « Allons, ma femme, laissez cela. L'affaire n'est point de votre convenance. » Quant à Jérôme, il se montrait très digne et c'est à peine si un soupçon d'émotion se voyait sur son visage.

Alors, au milieu de l'assemblée silencieuse, Tonon-Laroche arbora le masque d'une gravité jupitérienne et, de sa haute stature, dit :

« Messieurs... Au nombre des mystères de la nature, il n'en est point de plus beau que le spectacle d'une source vive qui se divise en plusieurs rameaux. L'eau y coule, limpide et claire comme le cristal, venue des profondeurs de la terre. Mais qu'un ruisseau limoneux vienne se joindre à l'une de ces branches, et c'en est assez pour que la souillure, en remontant jusqu'à la source, trouble le cours tout entier.

« Messieurs... Ainsi en est-il des grandes maisons. D'âge en âge et de siècle en siècle, elles se divisent en de nombreuses lignées où se perpétuent les qualités qui font l'ornement de la noblesse : l'honneur et la vertu. Il suffit donc que la honte et le déshonneur s'abattent sur une seule de ces lignées pour que la prévention, en jetant ses tentacules dans tous les sens, ternisse l'éclat de la maison tout entière.

« Messieurs... Le grand malheur qui nous frappe n'est pas une souillure susceptible de ternir notre race mais une imposture. Je vous le montrerai par des preuves si fortes qu'elles rendront vaines toute discussion. J'ai sous les yeux, messieurs, un document...

— Édouard... Édouard, s'écria Élisabeth, ne faites pas cela, je vous conjure...

— Laissez cela, ma femme, laissez cela. Cette affaire n'est point de votre convenance.

— Mon petit... mon petit...

— Je disais donc, messieurs, que j'ai sous les yeux un document dont voici le contenu. »

Tonon Laroche déploya un rouleau de papier et dit :

Je, soussigné Édouard de Tonon-Laroche, vingt et unième du nom, à tous ceux qu'il appartiendra que le jour d'hier, 10 juillet de la présente année mil sept cent soixante-neuf sur les dix heures du soir, retournant de Tours à

La Châtre, Duclos, mon valet de chambre, qui précédait ma chaise, est venu m'avertir qu'il y avait un enfant exposé au pied d'un mur au lieu dit de la Tour des mortes eaux. *Arrivé en ce lieu, j'ai reconnu un enfant nouveau-né enveloppé de langes. Ému d'une tendre compassion, et sollicité par ma femme qui venait de perdre un enfant qu'elle venait de mettre au monde, j'ai fait vœu de prendre cet enfant sous notre protection. De retour chez moi, on a tiré l'enfant de ses langes et c'est alors que j'ai découvert son sexe. C'était un garçon qu'on m'assurait n'avoir au plus que deux jours. On a trouvé à son bras un bracelet auquel était attachée une petite boîte, laquelle contenait un billet avec ces mots : « Ce garçon est né le neuf juillet, il a été ondoyé à sa naissance sous le nom de Jérôme. » J'ai joint ce billet au présent acte, et j'ai fait ce jour d'hui baptiser cet enfant sous condition à l'église de Sainte-Cécile, ma paroisse. Je lui ai fait donner le nom de Jérôme, et de tout ce que dessus j'ai cru devoir rendre témoignage dans le présent certificat, pour servir et valoir ce que de raison. Fait à La Châtre de par-devant nous, Etienne Doysneau, huissier de justice, ce douze juillet mil sept cent soixante-neuf.*

Tonon-Laroche enroula le document, montra Jérôme du doigt et dit :

« Messieurs... Ce rameau d'eau bourbeuse n'est point des nôtres. Je n'y verrai même pas l'usurpateur des prérogatives de son aîné. C'est un étranger qui a abusé de nos faveurs et son âme roturière, un instant contenue, est aujourd'hui à flot, à la confusion de tous, tant il est vrai que les vertus d'éclat ne se transmettent que par les qualités du sang, et qu'en dehors de notre race, il n'est point de salut. »

Élisabeth s'effondra en larmes en murmurant : « Mon petit... mon petit... » Mais le chevalier de Condemine, qui tenait toujours à ses alliances et qui se erait contenté de moins de zèle, s'élança vers Tonon-Laroche. Les deux hommes tombèrent dans les bras l'un de l'autre, s'embrassèrent sous les yeux attendris de l'évêque, qui leur donnait sa bénédiction, se récrièrent sur leurs bonnes intentions, protestèrent de leur innocence et de leurs vertus, firent des serments et des représentations, se redirent à quel point il était agréable de se sentir entre gens d'honneur et de qualité, et se jurèrent fidélité et amitié. Condemine déclara qu'il n'avait jamais douté de la pureté des Tonon-Laroche et, lorsque Édouard lui donna l'assurance qu'Antoine saurait racheter à ses yeux de si fâcheuses apparences, le chevalier répondit qu'il n'avait pas attendu cette marque de prévenance pour en être lui-même convaincu.

Alors, Jérôme, qui était resté de marbre, prit la parole et dit :

« Messieurs, j'adresse mes remerciements à celui qu'un reste de tendresse me force à appeler "mon père". Je le remercie d'avoir, dix-neuf ans durant, hébergé un enfant abandonné. Si la conduite de cet enfant avait été selon ses vœux, je ne doute pas qu'il eût emporté ce secret avec lui dans la tombe pour n'en pas faire cadeau à la roture, mais comme tel n'est pas le cas, il renvoie l'enfant à sa basse extraction. De son éducation, l'enfant gardera comme un joyau le message évangélique dont il est dépositaire. Mais il le mettra au service des humbles selon des voies plus conformes à l'air du temps.

— Et crois-tu, rétorqua Tonon-Laroche, qu'après un tel éclat, nous te laisserons le loisir d'agir à ta convenance ? Messieurs… j'ai obtenu des faveurs du roi une lettre de cachet contre l'imposteur. Elle nous est arrivée hier par courrier spécial. »

Édouard fit un geste en direction de son valet Blondeau. Un prévôt et trois exempts furent introduits dans la salle d'armes. Le prévôt déroula un document et dit :

> *De par le roi salut… Soucieux de la paix des foyers et de la sauvegarde des bonnes mœurs, nous vous mandons et ordonnons de vous saisir et de recevoir en notre château de la Bastille le dénommé Jérôme de Tonon-Laroche et l'y garder jusqu'à nouvel ordre, s'il n'y fait faute, car tel est notre bon plaisir. Donné à Versailles le dix-neuf août mil sept cent quatre-vingt-huit. Louis.*

Émerveillé par tant de tact et de panache, le chevalier de Condemine se tourna vers Tonon-

Laroche et, le sourire aux lèvres, s'inclina dans une profonde révérence. Les exempts se dirigèrent vers Jérôme pour prendre possession de sa personne, mais celui-ci leur lança : « Ne me touchez pas. Je ne ferai aucune tentative d'évasion jusqu'à la Bastille, je vous le jure. » La gravité du propos fit si forte impression que les gens d'armes se tinrent à distance.

C'est alors qu'Antoine de Tonon-Laroche fit irruption en brandissant une missive et, d'une voix tonitruante, dit :

« De par moi-même, salut ! Messieurs... Je suis au regret de vous informer qu'une affaire d'importance me met dans l'impossibilité d'assister à mon mariage, le 17 prochain. J'ai donc décidé de déléguer mes pouvoirs à mon frère Jérôme. Figurez-vous, messieurs, que je viens de recevoir une lettre de ma bonne amie Sophie Arnould. La belle me mande à ses côtés sur l'heure. Elle est sur le point de faire l'acquisition d'une petite maison près de Versailles et me fait savoir par la présente qu'elle désire que je l'éclaire de mes lumières de juriste dans l'entreprise. Écoutez ce que me chante la coquine. »

Antoine déploya le pli et lut :

Cher vieux complice... Tu seras bien aise d'apprendre que pour mettre du piquant à la luxure et titiller les aiguillons des représentants de la nation...

« Assez ! Assez ! Assez ! hurla Condemine que

la colère défigurait. Mais que fait-on de notre honneur ? Mais où sommes-nous donc tombés ? Mais où avons-nous mis les pieds ? Sommes-nous ici dans un tripot ou à Babylone ? Et qu'est-ce que cette maison des Tonon-Laroche ? Un cloaque ? Une fosse à purin ? Oui, c'est cela, voilà le mot qui convient : nous sommes ici dans une fosse à purin !

— Monsieur... monsieur... balbutia Tonon-Laroche.

— Il suffit, monsieur ! Cette fois, la mesure passe les bornes et je m'en vais de ce pas porter mes prétentions ailleurs, car s'il me fallait rester une minute de plus dans cette fosse à purin, c'est les armes à la main que nous finirions la conversation.

— Monsieur... monsieur... il me reste un puîné...

— Allons, ma femme, venez. Et vous tous, suivez-moi. »

La compagnie quittait les lieux dans un beau tumulte et Tonon-Laroche s'apprêtait à intervenir pour la dernière fois lorsque l'émotion lui suspendit le souffle. Il s'effondra, foudroyé par une attaque d'apoplexie. Mais comme il était de bonne constitution et qu'il lui restait une étincelle de vie et un fils, les médecins l'arrachèrent à la mort par le secours de dix-huit saignées.

Quelques jours plus tard, il fit venir Guillaume

à son chevet et, d'une voix lasse, lui tint ce discours :

« De désillusion en désenchantement, tout ce qui a fait la beauté de notre race s'est effondré sous mes yeux dans un chaos épouvantable. Plût au Ciel que je mourusse avant d'avoir vu pareil spectacle ! Mais si, au terme de cette épreuve effroyable, la Providence m'a accordé ce souffle de vie, c'est pour me permettre de voir, une dernière fois, triompher grâce à toi les vertus qui s'attachent à notre nom. Après quoi, je mourrai en paix.

« Oui, mon fils, te voilà maintenant dépositaire de l'honneur des Tonon-Laroche. Toutes les espérances qu'un tendre père peut encore concevoir ne reposent plus que sur toi, et j'ai tout lieu de croire qu'elles ne seront pas déçues. Tu possèdes toutes les qualités de bon sens, de pudeur et de courage qui conviennent à ton rang. Sous les étendards des armées du roi, tu te rendras illustre par ta vaillance. La compagnie de mon cousin, le président Charles-Henri d'Aiglemont, te grandira, parce que ce pilier du royaume, ce président de la cour du parlement de Metz, ce grand-croix de l'ordre de Malte aux trente-deux quartiers de noblesse est taillé dans l'airain, parce qu'il incarne, par la magnificence de sa personne, ce que le royaume compte encore de solide et d'enviable.

« Au contact d'Anne-Sophie, son épouse, tu verras que la vertu n'est pas un vain mot, qu'elle est le plus bel ornement de la société des gens de qualité, et qu'elle donne de l'agrément à la réussite. Je me souviens de ce mariage, qui fit la gloire de la Lorraine, et auquel nous fûmes, ta mère et moi, jadis conviés... »

Tonon-Laroche marqua une pause avant de reprendre, avec un sourire de nostalgie aux lèvres :

« Ce jour-là, les cloches sonnaient à toute volée et le pays avait un air de fête. Tous les grands du royaume s'étaient assemblés dans le couvent des carmélites et là, au milieu des chants d'allégresse et des cris de joie, sœur Jeanne de la Miséricorde prit la jeune beauté par la main et la présenta au président, comme une offrande de la providence. Anne-Sophie avait le rouge au front et, quoique son cœur fût gonflé d'orgueil, sa modestie et la pudeur naturelle à son sexe n'en subirent aucune atteinte, et c'est à peine si cette tendre fleur osa lever les yeux sur son époux qui la reçut dans ses bras avec cet air superbe qui en aurait imposé au roi lui-même. La bénédiction fut célébrée sous les auspices de l'évêque de Metz et, ce jour-là... oui, ce jour-là, les cloches sonnaient à toute volée et le pays avait un air de fête... Et depuis, la présidente se consacre aux bonnes œuvres, à la visite des prisonniers, des hospices et des hôpitaux et à l'organisation de cette fête de la Rose qu'elle a instituée dans sa paroisse de Montigny, pour la plus grande sauvegarde de la vertu.

« Et comme si cela ne suffisait pas à leur gloire, les d'Aiglemont sont apparentés par des liens de cousinage issus de germains à l'illustre M. de Saint-Clair, intendant de Lorraine. Et l'éclat de cet homme est encore rehaussé par le bel esprit de sa femme, Blanche de Saint-Clair, dont il est question, dit-on, jusque dans les salons de Versailles... »

Tonon-Laroche marqua une nouvelle pause et, avec un scintillement dans l'œil :

« Si j'en crois ce que le président m'a écrit un jour, il paraîtrait même qu'une nièce de Blanche, la petite Aminthe d'Erneville, ne serait pas fâchée de devenir une Tonon-Laroche...

« C'est ainsi, mon fils, que ton séjour à Metz te rendra nécessaire au roi dans le métier des armes, grand dans le parage des grands et vertueux à l'exemple de la présidente. Je te donne Nicolas Blondeau, il sera ton fidèle serviteur et, dès ton arrivée, tu remettras de ma part ce pli au président d'Aiglemont.

« Et maintenant, tendre Guillaume, jure-moi une dernière fois de te montrer digne et courageux en toute chose, probe et vertueux en toute circonstance, de respecter la vierge et l'épouse, et de rester fidèle à ton père dans tes principes... »

Guillaume embrassa son père et celui-ci murmura, comme dans un soupir d'agonie :

« Va, et que Dieu te garde ! »

Chapitre trois

Après avoir chevauché pendant quatre jours, Guillaume et Nicolas Blondeau découvrirent, à quelques lieues du village de Montigny et au détour d'un chemin boisé, les charmes bucoliques d'une bâtisse ombragée aux murs couverts de lierre et de volubilis. C'était *l'Oie qui pense*.

« Holà ! l'aubergiste ! » cria Blondeau.

L'homme fit son apparition sur le pas de la porte, accompagné de deux jeunes filles. Il s'élança à la rencontre des deux cavaliers, se déclara honoré d'héberger un officier des dragons et son serviteur et présenta ses filles, Céline et Marion. Guillaume et Nicolas Blondeau mirent pied à terre. Les deux grisettes inclinèrent la tête en signe de bienvenue. A la seule vue de ces gracieuses créatures, Guillaume se sentit soudain comme libéré du fardeau qui avait toujours pesé sur lui, à La Châtre comme à l'École militaire. Il arbora sa belle taille et sa cambrure altière. Carré dans son uniforme blanc à épaulettes d'or et fourragère, l'épée au côté, il enveloppa les filles de l'aubergiste d'un fier regard. Elles ne pouvaient guère avoir plus de dix-sept à dix-huit ans.

Céline était d'une beauté svelte et naturelle. Elle avait les hanches fines et la taille mince. Un air simple et pudique, un nez petit et retroussé, quelques cheveux follets d'un blond de lin retombant sur les tempes et un regard profond et tendre lui donnaient des allures de pure madone, mais une fossette espiègle et un sourire pincé au bord des lèvres y mêlaient aussi une expression de sournoise méditation.

Marion n'avait pas le même air de retenue. Avec son sourire mutin, sa taille souple, sa poitrine saillante offerte à la tentation sous un corsage échancré et son regard d'azur un peu félin, la sauvageonne semblait lancer des défis.

L'aubergiste et les deux jeunes filles se mirent à l'œuvre, s'affairant autour des équipages. Nicolas Blondeau se pencha vers son maître et chuchota :

« Monsieur, l'une est faite pour l'amour, l'autre pour affoler les sens.

— Au diable, Blondeau, avec tes imaginations », répondit l'officier.

Éreinté par un long voyage, Guillaume sombra ce soir-là dans un profond sommeil. Après quinze jours d'exercices militaires, il se souvint, en s'éveillant un dimanche matin aux premiers bruits familiers de l'auberge, qu'il était attendu chez les d'Aiglemont.

Non loin de Montigny, le château de Vaudrémont s'élevait sur une légère éminence. Son domaine était entouré d'un mur de terre couvert de tuiles creuses qui n'avait que les apparences de la pauvreté. Dès qu'il eut franchi cette façade négligée à dessein, Guillaume se retrouva au milieu d'une allée bordée de charmilles taillées en colonne au-delà desquelles, sur un massif recouvert de pelouse, deux muses caressaient une chimère à côté d'un groupe de porphyre qui représentait une nymphe et un satyre. Il dépassa un carrefour de verdure orné d'une fontaine de bronze à l'image d'une naïade munie d'une corne d'abondance d'où jaillissaient les flots et se retrouva devant le corps de logis du château. On accédait au rez-de-chaussée par un double escalier circulaire sous lequel une niche de granite rose abritait un sylphe et une sylphide de marbre rose. Il mit pied à terre tandis qu'un palefrenier prenait sa monture en charge, emprunta la rampe, tira sur le cordon.

« Qui dois-je annoncer ? » demanda la soubrette.

Une première antichambre était pavée d'une flamboyante corne d'abondance en mosaïque. Après avoir traversé la galerie des portraits dont l'éclat retraçait la splendeur des d'Aiglemont, la soubrette annonça : « M. de Tonon-Laroche », et Guillaume fut introduit dans le salon.

Lorsqu'il découvrit ce parquet en bois des Indes incrusté d'ébène, ces glaces, ces tapisseries de la Savonnerie, ce superbe clavecin couvert de peintures et serti de nacre, ce luxe, cette splendeur, le jeune homme pensa à La Châtre, et se sentit gagné par un sentiment de honte.

A un angle de la pièce, la présidente d'Aiglemont était assise dans un fauteuil de damas rose. Absorbée par un travail de broderie, elle ne leva la tête qu'un court instant pour regarder Guillaume d'un air faussement indifférent et l'invita à s'asseoir avec gentillesse.

Guillaume s'inclina et prit place sur un fauteuil dans un silence pesant. Plongée dans son ouvrage, la présidente ne jetait de temps à autre qu'un regard éphémère du côté des fenêtres. Ne sachant que dire, Guillaume la dévisagea d'un œil qui cachait mal l'indiscrétion. Cette femme était de celles qui font forte impression. Sa beauté discrète avait grande allure mais sa distinction hautaine piqua le jeune homme. L'envie de prendre l'initiative de la conversation lui brûlait les lèvres, mais il ne se sentait pas le courage de disserter sur des banalités. Enfin, la châtelaine posa son ouvrage sur ses genoux et regarda son visiteur avec douceur. Guillaume voyait bien mieux, maintenant, ce grand éclat qui brillait dans ses yeux sombres.

« Eh bien ! petit cousin, que me contez-vous ? » dit-elle.

Frappé de stupeur, Guillaume bredouilla quelques mots. La présidente tourna le visage vers les fenêtres et, les yeux perdus dans le vague, l'interrompit en murmurant :

« On m'a dit qu'il se passe des choses étranges chez les Tonon-Laroche.

— Hélas ! madame, mon jeune frère a fait preuve d'un emportement excessif. Sous l'empire de je ne sais quel caprice, il a tenté d'enlever une jeune fille de condition et mon père a dû requérir l'autorité du roi pour le détourner à tout jamais d'entreprises aussi téméraires. »

La présidente regarda Guillaume d'un air dur.

« Ce qu'il y a de plus noble dans le sang des Tonon-Laroche, monsieur, dit-elle d'une voix sèche, coule dans les veines de votre jeune frère. »

En tournant de nouveau le visage vers l'extérieur, elle ajouta doucement :

« Et puis, c'est sans doute une folle créature, un personnage fantasque. Il ne s'en fait plus guère de la sorte, par les temps qui courent... Ou du moins ne les voit-on que dans les romans à la mode ou en songe. »

La jeune femme retrouva son joli sourire et dit :

« Petit cousin, si vous me parliez de vous. »

Alors Guillaume s'efforça de trouver des accents d'homme du monde. La vie de garnison, dit-il, était la plus sotte qui fût. Elle n'avait d'attrait que pour les subalternes qui n'en connaissent point d'autre. Mais pour les gens de condition, qui vivent à Paris ou à la Cour, c'était un martyre que d'endurer ces conversations composées de saveur provinciale et de licence. Fort heureusement, il en avait pris son parti avec philosophie...

Il y eut une lueur de malice dans l'œil de la présidente qui l'interrompit de nouveau :

« Allons, allons, petit cousin, point de modestie ! je vous devine une autre vie, une vie pleine d'attrait, une vie dont la seule retenue vous interdit de parler. Il y a de quoi pimenter nos fadeurs provinciales lorsque l'on a un aussi joli visage que le vôtre. Et n'allez pas me dire que vous ne savez pas jouer de vos épaulettes et de votre bel uniforme.

— Vous me flattez, madame la Présidente, mais me permettrai-je de mettre le compliment sur le compte de l'amitié familiale ?

— Alors, petit cousin, sacrifiez, vous aussi, à l'amitié familiale et parlez-moi de votre vie à l'extérieur de vos cantonnements. Un homme à la mode a toujours quelque chose à dire sur ce chapitre.

— A vrai dire, madame, je n'en ai pas encore fait l'expérience. Demain soir, Mme l'Intendante organise une réception en l'honneur des officiers qui viennent de prendre la relève et elle m'a fait l'honneur de m'inviter. »

En cet instant précis, une voix exténuée, hachée et comme venue d'outre-tombe se fit entendre :

« Anne-Sophie... Anne-Sophie... que faites-vous ?... mais que faites-vous donc ?... Pourquoi me laissez-vous seul ? »

La présidente baissa les yeux en soupirant.

« L'intendante, dites-vous... ah, oui, je suis au courant. C'est ici la coutume, chaque fois qu'un nouveau régiment prend ses quartiers à Metz... »

Et, d'une voix soudain plus enjouée :

« A ce propos, petit cousin, il faut que je vous affranchisse sur un point. Le départ du régiment que vous remplacez a laissé un certain nombre de femmes vacantes et... »

C'est alors que la soubrette pénétra dans le salon, se dirigea vers la présidente et dit :

« Monsieur Alexis demande à Mme la Présidente ce qu'il convient de faire de la jambe de M. le Président. »

La présidente sursauta, stupéfaite.

« Quelle question impertinente, répondit-elle sèchement. Qu'il en fasse ce que bon lui semble. Je ne sais pas... moi... qu'il l'incinère, par exemple... ou encore qu'il l'ensevelisse à l'ombre des peupliers. »

La soubrette se retira.

« La petite sotte, murmura la présidente... Je vous disais donc, petit cousin, que depuis le départ du régiment en question, un certain nombre de femmes de notre bonne société sont vacantes et c'est précisément au cours de cette réception offerte par l'intendante que... »

La présidente venait de retrouver son air enjoué lorsque la voix caverneuse se fit de nouveau entendre :

« Anne-Sophie... Anne-Sophie... Je vous en supplie... mon amie... ne me quittez pas... ne m'abandonnez pas... »

« C'est donc au cours de cette réception, disais-je, que ces dames sont présentées aux nouveaux officiers sous l'œil indifférent de leur mari. Rien n'est plus plaisant que de voir la façon dont on s'examine, dont on se choisit. Mais soyez prudent, petit cousin, il est d'usage d'observer l'ordre du tableau. Ne prenez point la relève d'un colonel, il vous en cuirait...

« Anne-Sophie... Anne-Sophie... de grâce... venez... venez... venez... »

La présidente se leva et, sans s'interrompre, se

dirigea vers le cordon qui communiquait avec l'office.

« ... Bien entendu, ni les noms ni les qualités de vos prédécesseurs ne sont inscrits sur les visages de vos futures conquêtes. Mais ces dames ont l'air de citer le passé et c'est en termes voilés qu'elles vous apprennent tout sans rien vous dire et qu'elles vous laissent deviner ce qu'elles attendent de vous... »

La soubrette fit de nouveau son apparition.

« ... Ah ! Lisette, mon amie, soyez assez bonne pour vous occuper du président... Bien entendu, petit cousin, les fastes de l'intendante servent d'amorce aux plaisirs qui vous attendent ici et dans la conversation ou dans les danses, les femmes ne vous offrent jamais que les prémices des faveurs qu'elles vous réservent. Ah ! j'allais oublier, il y a aussi le fameux jeu des mots d'esprit, vous verrez, l'une de nos spécialités. Cette année, fit-elle avec un air d'amertume, je ne serai pas des vôtres. Oui, cette sombre demeure ne vous offre qu'une image bien trompeuse de la vie que vous allez mener dans notre bonne ville de Metz.

— Madame la Présidente, répondit Guillaume après un moment de réflexion, j'ignore les surprises que me réserve la réception de Mme de Saint-Clair... mais... rien ne saurait être comparable à l'émotion que je ressens... »

Guillaume se tut. La présidente semblait de nouveau absorbée par son ouvrage.

« A l'émotion que vous ressentez ?

— A l'émotion que je ressens, en ce moment même, madame, en vous regardant. »

La présidente garda le silence. Le jeune homme réalisa que son audace avait passé les bornes.

« Je veux dire par là, madame, que j'apprécie à leur juste valeur les liens de parenté qui nous unissent et que le spectacle d'une cousine noble et belle me fait chaud au cœur après deux semaines de vie militaire.

— Allons, petit cousin, vous vous égarez. Le spectacle d'une recluse qui dévore sa tristesse dans la solitude n'a rien de très réjouissant et je n'ai que ma dévotion et mes actes de charité à vous offrir en partage... »

« Anne-Sophie... Anne-Sophie... pourquoi n'êtes-vous pas là... venez... venez... »

« Mon mari se meurt, soupira la présidente en se levant, mon devoir m'appelle à ses côtés. »

Elle se dirigea vers le cordon. Un valet en livrée bleu roi bordée d'écarlate fit son apparition alors qu'elle se préparait à emprunter l'escalier qui communique par le salon à l'étage supérieur.

« Alexis, dit-elle, ayez la bonté de raccompagner monsieur... Adieu, mon ami. »

Les deux hommes franchissaient le seuil du salon lorsque la présidente s'arrêta au milieu de l'escalier pour s'adresser à Guillaume :

« Monsieur, votre gentillesse me touche et j'ai pour vous de l'affection. Votre présence à ma toilette du matin me ferait, demain même, un grand plaisir. »

Guillaume, qui en avait oublié le pli à l'adresse

du président, regagna *l'Oie qui pense* en frémissant de bonheur. Le soir même, il mit Blondeau dans le secret de ses affaires. Celui-ci l'écouta tout en cirant les bottes de son maître.

« Pardieu, monsieur, dit-il, cette femme vous aime ou je n'y connais rien. »

Guillaume versa de l'eau dans une cuvette et s'aspergea le visage.

« Elle m'aime, certes, elle m'aime comme une parente.

— Allons, monsieur, parlons franc, elle est votre parente comme moi le Grand Khan. Dites plutôt qu'elle vous aime comme une amante.

— Elle, vouloir de moi ? s'exclama Guillaume en éclatant de rire. Et quand bien même, ne sais-tu pas que cette femme est la plus vertueuse de toute la Lorraine ?

— Allez, allez, monsieur, avec votre âge, votre visage et vos épaulettes, on fait tourner bien des têtes, et la vertu n'a rien à voir à l'affaire.

— Dans ce cas, compère, j'aimerais que la tête de Céline tombât la première.

— Oh ! monsieur, pour Céline, c'est chose faite. Mais ce n'est qu'une grisette sans conséquence. La présidente est une femme d'allure.

— Ma foi, fit Guillaume en s'essuyant le visage, la grisette est jolie à ravir, appétissante en diable. Quant à la présidente, ajouta-t-il avec une pointe de dédain, elle a sans doute beaucoup de distinction, mais elle n'est que belle. »

Nicolas Blondeau regarda son maître d'un œil narquois.

« Je vous l'accorde, monsieur, avec la première, on s'amuse, avec la seconde, on se pousse dans le monde. »

Les premiers rayons du soleil filtraient à travers une petite fenêtre qui trouait le mur entre le rez-de-chaussée et le premier étage de l'auberge. Tout fringant dans son uniforme blanc, Guillaume dévalait l'escalier en chantonnant un couplet de *la Femme du roulier*. Céline montait. Lorsqu'ils furent à la même hauteur, tous deux s'immobilisèrent en silence. Guillaume regardait vers le bas, Céline vers le haut. Au bout d'un instant, leurs regards se croisèrent. Céline ne savait que dire. Guillaume, qui se souvint de son embarras en présence de la présidente, s'amusa de sa confusion en abusant de ce sentiment d'infériorité qui pousse les plus humbles à prendre la parole les premiers.

« Monsieur l'officier a-t-il bien dormi ? murmura-t-elle.

— N'en ai-je pas l'air, Céline ? Morphée ne m'a pas quitté de la nuit.

— Morphée, monsieur ? Mais qui est donc Morphée ? » demanda-t-elle tout étonnée.

Guillaume éclata de rire.

« Tendre Céline, brûlante Céline. Dis-moi un peu, fit Guillaume en prenant la main de la jeune fille qu'il posa contre sa joue, suis-je rasé de près ? »

Guillaume serra la main de Céline contre son

visage. Le « petit cousin » de la présidente lui traversa l'esprit.

« Petite sœur », murmura-t-il.

Alors Céline releva la tête et regarda l'officier. Guillaume aurait voulu savourer plus longtemps sa victoire avant d'en cueillir les premiers fruits mais il n'en eut pas la force. Saisi d'une tendre fureur, il enlaça Céline en posant ses lèvres contre les siennes. Ce baiser aurait duré toute une éternité si la petite aubergiste ne s'y était soustraite en s'esquivant. Guillaume se remit en marche, plus léger que jamais, et chantant à tue-tête *la Femme du roulier*.

Il se dirigeait vers l'écurie lorsque, chemin faisant, il croisa Marion. Avec sa bouche jolie et sensuelle, une coiffure toute faite pour être chiffonnée et la gorge ouverte à tous les vents, la belle provinciale déployait plus que jamais ses appas dans un ajustement des plus lestes et, regardant Guillaume avec des yeux de pécheresse :

« Eh bien ! monsieur l'officier, lança-t-elle d'une voix peu canonique, on chante des chansons dévotes, maintenant ?

— L'impertinente, s'écria Guillaume, je te ferai casser aux gages. »

Il dégaina, fit mine de lacérer le corset de l'insolente de la pointe de son épée et la poursuivit un instant dans la cour. Elle riait à gorge déployée. Guillaume éclatait lui-même d'un gros rire lorsque Nicolas Blondeau sortit de l'écurie en tenant la monture de son maître par la bride.

« Monsieur, dit-il avec des airs de conspirateur,

la petite Marion vient de me confier à mi-mot qu'elle a déjà noué plusieurs intrigues avec des officiers de la garnison. Et j'ai bien cru comprendre qu'elle ne dédaignerait pas d'ajouter votre nom à la liste de ses adorateurs.

— Au diable, Blondeau, tu me vois des amantes partout.

— En ce qui concerne la polissonne, mon imagination n'est pour rien dans l'affaire.

— Et comment le saurais-je, tu es toujours sur mes talons.

— J'ai le sentiment, monsieur, d'être pour vous un objet d'épouvante. Ma foi, je n'ai jamais eu l'intention de vous déplaire.

— Mes parents ne t'ont-ils pas chargé de me surveiller ? Avoue-le, Blondeau, avoue-le donc. »

Ce faisant, Guillaume secouait le valet par le col d'un geste débonnaire.

« Sans doute, monsieur, je suis chargé de l'inspection de votre santé. A cela près, vous êtes votre maître et le mien. Je suis ici à votre service.

— Fieffé coquin, au service de mon père. Dis-le donc qu'il t'étrillerait s'il arrivait par ma faute un nouvel éclat capable de ternir la réputation de la famille. Suppose un instant que mon admiration pour la présidente se transforme en un attachement plus précis, le vois-tu, le scandale ? Moi, Guillaume de Tonon-Laroche, séducteur de l'épouse de l'un des grands du royaume. Cette fois, mon père n'y survivrait pas.

— Monsieur, protesta Blondeau, ces choses-là ne me regardent pas.

— Ça par exemple, vaurien. Tu es encore plus perfide que je ne le croyais. Mais je dois rendre hommage à la façon dont tu t'acquittes de ta mission. Tu pourrais te torturer l'esprit pour m'inspirer le dégoût de toutes les femmes qui butinent dans les parages. Tu me dirais, comme ces bigots que l'on entend à la messe, que la coquetterie qui égaye le regard de la présidente est une tare, que les petits seins de Céline sont d'une épouvantable platitude et que tout cela n'est qu'amas de charogne. Mais tu es bien trop malin pour ne pas te rendre à l'évidence. Des trésors d'imagination seraient incapables d'apaiser mes transports. Alors, tu préfères te mêler de mes affaires, aller au-devant de mes plaisirs pour prendre la situation en main, multiplier les fronts car les sentiments dont on honore plusieurs femmes se détruisent les uns les autres. Mieux ! tu voudrais me préserver du mal par le mal, m'inoculer quelques amourettes pour me garder d'une grande passion. Nicolas, tu es un maître, nos médecins et les plus grands stratèges de l'École militaire ne font guère mieux. »

Guillaume enfourcha sa monture.

« Au fait, ajouta-t-il en s'éloignant, tu pourras écrire à mon père que je vais de ce pas assister à la toilette de la présidente. Mais rassure-le dans le même temps. Je n'ai nullement l'intention de m'aventurer au-delà des sentiments que permettent les liens de parenté. »

Chapitre quatre

Lorsque Alexis le valet introduisit Guillaume dans la chambre à coucher de la présidente, le jeune officier eut l'impression de pénétrer dans un temple consacré au sommeil et à l'amour. Les murs étaient recouverts d'une étoffe de soie rouge parsemée de rosaces de cristal et les plafonds tendus de draperie d'Angleterre qui, en partant au centre d'une clef de voûte dorée, irradiait vers les coins de la pièce. Ouvertes sur le Méridion, trois fenêtres hautes inondaient la pièce de soleil. Elles étaient garnies d'un travail de serrurerie si frêle que Guillaume se demanda un instant s'il ne volerait pas en éclats au toucher. Entre les fenêtres, deux consoles dorées soutenaient chacune une tablette de lave. Sur l'une était posée une pendule ciselée, sur l'autre, une pièce astronomique qui annonçait le cours des astres. La cheminée en porcelaine de Sèvres était un chef-d'œuvre de fantaisie décoré d'arabesques, de fleurs, d'oiseaux et de papillons tracés d'un pinceau si fin que tout semblait devoir s'envoler au moindre souffle. Le lit surpassait le reste en splendeur. Une galerie légère surmontée d'un dôme renfermait le coucher en forme de corbeille d'osier. Aux quatre coins, des statuettes allégoriques reposaient sur des pieds torsadés. Enfin, le regard attendri de Guillaume se posa sur le dôme. Il était orné en son centre d'un amour qui descendait de là-haut comme pour caresser de ses ailes la tendre créature qui reposait sur la couche.

La présidente était assise devant une coiffeuse garnie de parfums, d'onguents et de mouches. Elle donnait le dos à ses visiteurs, mais le bel ovale de son visage se reflétait dans le miroir. Guillaume l'admira dans cette splendeur qui, de grand matin, doit tout à la nature. Elle se tenait, droite et superbe, en affichant des airs de détachement. Le maintien aristocratique se voyait dans les moindres détails : un pied cambré dans une mule de satin, l'esquisse d'un galbe sous un déshabillé de soie, une main posée sur un angle de la coiffeuse, l'autre affairée sur le visage que l'artifice modelait peu à peu.

Trois admirateurs étaient déjà présents. Tricorne sous un bras, la main sur le pommeau de l'épée, Guillaume était immobile. La présidente se tourna vers ses invités :

« Messieurs, je vous présente notre cousin, M. Guillaume de Tonon-Laroche, dont les quartiers se tiennent en ce moment à Metz. Monsieur, dit la présidente en s'adressant à Guillaume, voici l'évêque de notre diocèse, M. de Montmorency, et l'intendant de notre généralité, M. de Saint-Clair. Bien entendu, il m'est inutile de vous présenter votre supérieur, le colonel commandant la place de Metz, M. de Noinville. »

Guillaume se dirigea vers l'évêque, seul des trois personnages à jouir du privilège d'un fauteuil, lui baisa la main, s'inclina devant M. de Saint-Clair et se mit au garde-à-vous devant son colonel qui le foudroya du regard.

Soudain, on entendit :

« Anne-Sophie… Anne-Sophie… mais pourquoi m'abandonnez-vous… venez… venez… »

La présidente resta de marbre.

« Nous disions donc, messieurs, que la mort du duc de Richelieu ne pouvait laisser personne indifférent.

— C'est qu'avec lui, madame la Présidente, soupira l'intendant, c'est tout un siècle qui descend dans la tombe.

— Ce fut, dit l'évêque, un homme d'esprit qui s'illustra dans les belles-lettres et dans quelques beaux faits d'armes.

— En vérité, reprit l'intendant, il dut le meilleur de ses écrits à la plume de son ami Voltaire.

— Et nous autres, militaires, ajouta le colonel de Noinville en souriant, nous savons bien que ses plus belles victoires ont été remportées sous les étendards de Vénus.

— Monsieur, trancha la présidente, il suffit. Un peu de dignité, je vous prie.

— Mais, madame la Présidente…

— Monsieur, respectons la mémoire du défunt. Le moment est mal choisi pour rappeler que Monsieur le duc de Richelieu ne s'est jamais soutenu à la Cour qu'en passant des genoux de la Pompadour à ceux de la Du Barry.

— Mais, madame la Présidente, répondit le colonel de Noinville, ce n'est un secret pour personne que le duc doit sa fortune et sa réputation aux femmes, au libertinage et à l'intrigue.

— Ce n'est pas une raison, monsieur.

— Je ne veux pas dire, madame, que... mais enfin...

— Il n'empêche, conclut l'évêque de sa voix paisible. Mais je trouve fort sage de la part de Mme la Présidente de nous exhorter à plus de charité. Il n'est pas dans l'esprit de la religion d'accabler la mémoire du défunt en soulignant que M. le duc de Richelieu s'est humilié devant des femmes perdues pour se faire grand et qu'il n'en a recueilli que les fruits de cette bassesse dont on fait aujourd'hui si grand cas à Versailles. »

La présidente acquiesça avec une expression de gratitude tandis que, perclus de confusion, le colonel de Noinville baissait la tête en rougissant.

« On m'a dit, reprit la présidente en s'adressant à l'intendant, que vous aviez invité M. de Tonon-Laroche à l'exquise réception que mon amie et cousine Blanche de Saint-Clair offre ce soir à la bonne société de notre voisinage.

— Ma femme a l'habitude, madame, de recevoir tous les ans les officiers des régiments qui prennent la relève. Cela crée une heureuse émulation dans la province.

— Je l'entends, monsieur. Surtout, prenez grand soin de mon petit cousin et que mon amie et cousine Blanche de Saint-Clair ne l'accable point de trop avec ce jeu des mots d'esprit qui fera, comme à l'ordinaire, l'ornement de la soirée. Et vous, colonel, prenez-en le même soin. Je vous demande de m'en faire un excellent soldat, un soldat dont on puisse s'enorgueillir dans la famille. »

De Noinville se mit au garde-à-vous et, de concert avec M. de Saint-Clair, foudroya de nouveau Guillaume du regard.

Alors, on entendit :

« Anne-Sophie... Anne-Sophie... C'est un monde... on me laisse seul... on me laisse tout seul... venez... venez... »

« Comment le président se porte-t-il ? demanda l'évêque.

— Au plus mal, monseigneur. En vérité, messieurs, le président se meurt. Mais il se meurt sans se décider à mourir une bonne fois pour toutes. La gangrène sèche le ronge. Elle a déjà emporté une jambe. Je dis bien, une jambe tout entière. Avant-hier au soir, le président a demandé qu'on le mît sur son séant. Lisette et moi l'y avons aidé en le prenant par les bras. Nous avons tiré. Eh bien ! A notre grande surprise, la jambe gauche n'a pas suivi. Elle est restée au pied du lit, et mon malheureux époux ne s'est rendu compte de rien, en sorte que nous avons dû la retirer pendant son sommeil pour lui épargner le tableau. Et c'est seulement le lendemain qu'il a tout découvert. Il criait : “Anne-Sophie... Anne-Sophie... Mais où est donc passée ma jambe ?... Anne-Sophie... Anne-

Sophie... N'auriez-vous pas vu ma jambe ? Ça par exemple, il me manque une jambe !..." Et la jambe, hier au soir, a été inhumée. Elle repose là, au pied des peupliers.

— Je vois, soupira le colonel, le président a déjà un pied dans la tombe.

— Un pied, seulement ? Je vous trouve bien modeste, colonel. Et puis, poursuivit la présidente, après avoir perdu une jambe, le président me semble sur le point de perdre aussi la tête. Figurez-vous qu'il ne cesse de répéter : "Vous verrez, vous verrez, ils me suceront tous le sang avant même que je ne meure."

— Madame, fit l'évêque, soyez certaine que nous sommes de tout cœur avec vous dans la terrible épreuve que vous traversez et que nous dirons des prières pour que Dieu vous donne la force de l'affronter jusqu'au bout avec le même courage, la même compassion et la même abnégation. »

La présidente ferma les yeux en signe de reconnaissance.

« Et puis, poursuivit M. de Montmorency, quelle misère... quelle misère que le président n'ait point d'héritiers en ligne directe. A quoi servent maintenant tant de biens, de privilèges ?... et ce somptueux château ! Au fond, voyez-vous, messieurs, la vie est bien mal faite. Ou du moins, peut-être n'est-elle que trop bien faite. Qui nous dit, après tout, que le Tout-Puissant, dans son immense sagesse, ne cherche pas à nous donner une leçon d'humilité en nous montrant, par là même, que les familles les plus illustres finissent, elles aussi, par s'éteindre tôt ou tard ? »

A ces mots, la présidente regarda l'évêque d'un œil meurtri et son cœur se serra.

« Allons porter un peu de réconfort au malade, proposa l'évêque.

— Hélas, monseigneur, c'est impossible, répondit la présidente.

— Et pourquoi donc, madame ?

— La décomposition du président dégage une odeur insupportable que les courants d'air ne parviennent même plus à chasser. Le médecin et l'apothicaire eux-mêmes n'y peuvent tenir au-delà de quelques minutes.

— Ces considérations ne doivent pas compter, madame, lorsque la charité nous commande de soulager un malade. »

L'intendant, le colonel et Guillaume approuvèrent.

« Alors, messieurs, murmura la présidente qui venait de terminer sa toilette, allons voir le président... Ou du moins, ajouta-t-elle dans un murmure, allons voir ce qu'il en reste. »

La chambre à coucher du président d'Aiglemont était spacieuse, austère et bien aérée. Des bibliothèques étaient aménagées dans un mur recouvert de bois d'ébène. Rangés sur les étagères, d'impressionnants folios conféraient au lieu cette sorte d'élévation et de noblesse qui s'attache au savoir. La pièce prenait l'air par deux fenêtres hautes devant lesquelles étaient installés deux lourds bureaux aux pieds sculptés en forme de patte de rapace. Quelques plumes blanches y flottaient dans un léger courant d'air. Le lit massif était de beau chêne sculpté. Un visage jaune, maigre, décharné, troué de deux grands yeux noirs et plus fripé que le vieux parchemin, dépassait des couvertures.

« Mon ami, dit la présidente, vous qui vous plaignez toujours de votre solitude, réjouissez-vous, je vous amène de la bonne compagnie. »

Les visiteurs présentèrent leurs respects avec un air de pitié. L'odeur cadavérique prenait à la gorge. Montmorency, Saint-Clair et le colonel, d'un pas discret, se rapprochèrent de l'une des fenêtres. La présidente reprit la parole :

« Permettez-moi d'abord de vous présenter notre cousin, Guillaume de Tonon-Laroche.

— Mon jeune ami, dit le président d'une voix haletante et sans quitter le plafond des yeux, vous pouvez vous flatter de m'apporter du réconfort.

— Vous m'en voyez heureux et très honoré, monsieur le Président.

— Oui, votre compagnie ne déplaît guère à ma femme et, ma foi, j'en ressens les bons effets. Que voulez-vous, jeune homme, lorsqu'elle me parle de vous, elle retrouve un peu de sa bonne humeur et cela me la rend moins insupportable. Revenez souvent, nous en serons bien aise. »

A ces mots, M. de Saint-Clair et le colonel eurent un léger sursaut et une expression de dépit.

« Soyez assuré, monsieur le Président, répondit Guillaume, que j'apprécie ce sentiment à sa juste valeur. Mon père me recommande à vous. Il se dit même persuadé qu'en toutes circonstances je trouverai en vous ce grand soutien qui se fonde sur des liens de vieille parenté. »

L'assistance baissa les yeux dans un sentiment de confusion. Guillaume crut percevoir quelques tressaillements sous les couvertures. Soudain, le président éclata d'un rire mêlé de spasmes et de suffocations.

« Ah !... Ah !... s'exclama-t-il, elle est bien bonne... oui... elle est bien bonne, moi, un grand soutien... Vous pourrez dire à votre père qu'il a trouvé le mot juste... Ah !... Ah !... Arrêtez, j'étouffe, il suffit, n'en dites pas plus... »

Pendant quelques minutes, une toux sèche et ponctuée de râles succéda au rire. Lorsque survint l'apaisement, Guillaume sortit un pli de sa poche et le tendit au président.

« Mon père m'a chargé de vous remettre cette lettre, monsieur le Président.

— Et quand bien même serais-je encore capable de la lire, je suis incapable de la prendre en main. Lisez vous-même, mon garçon. »

Guillaume décacheta le pli, y jeta un coup d'œil horrifié et le replia avec vivacité en balbutiant:

« L'écr... l'écriture est illisible...

— Eh bien, donnez-la donc à l'évêque. Il en a vu d'autres, je suppose, dans son métier. »

D'une main tremblante, Guillaume tendit le pli à M. de Montmorency qui le mit à toutes les distances de son nez et balbutia à son tour :

« Non... décidément non... il est vrai que c'est

illisible. D'ailleurs, je n'ai pas mes lunettes. Tenez, colonel, jugez-en par vous-même. »

Le colonel prit le document, en lut trois mots et le remit sans plus tarder à M. de Saint-Clair. Les deux hommes se l'échangèrent à plusieurs reprises sans parvenir à s'en débarrasser.

« Donnez-moi ça ! » s'exclama la présidente en arrachant la lettre des mains de M. de Saint-Clair d'un geste sec, et, après l'avoir examinée un court instant :

« Mais ! Où êtes-vous donc allés chercher que c'est illisible ? L'écriture est belle et les caractères sont bien déliés. Écoutez. »

Et tandis que tous les visiteurs regardaient le plancher avec consternation, la présidente se mit à lire à voix haute et bien posée.

Monsieur le Président et cher cousin,
Vous qui incarnez la santé du royaume...

« Voyez-vous, dit-elle après avoir marqué un temps d'arrêt, c'est parfaitement clair et lisible. Je poursuis :

Vous qui incarnez la santé du royaume et ce qu'il y a de plus beau et de plus prestigieux dans notre race, vous êtes depuis toujours, par la splendeur de votre personne et la gloire qui s'attache à vos titres, le pilier de notre famille et son plus bel ornement.

J'ai donc l'honneur et le privilège, Monsieur le Président et cher cousin, de placer mon fils

Guillaume sous votre très haute protection. Votre sollicitude et votre soutien seront d'un poids écrasant dans le cours de sa carrière et comme ce lustre incomparable dont vous brillez illumine tout ce qui gravite dans vos parages, je ne doute pas qu'il recueille bientôt, Monsieur le Président et cher cousin, les fruits de votre bienveillance et de votre magnificence.

Fait à La Châtre, ce vingt-huit août mil sept cent quatre-vingt-huit, avec l'expression du respect et de l'affection de votre serviteur dévoué...

« ... Et c'est signé Édouard de Tonon-Laroche... Voyez-vous, messieurs, conclut la présidente, il n'y avait pas matière à faire tant de formalités. »

L'assistance était horrifiée. Sous les couvertures, les tressaillements redoublèrent et un gros éclat de rire spasmodique secoua de nouveau le président :

« Ah !... Ah !... fit-il entre deux quintes de toux... Tonon-Laroche est sans pareil... Moi, le pilier !... Moi, la santé du royaume !... Vous avez bien lu, Anne-Sophie ?... Édouard est bien le seul à me voir briller... Mon Dieu, j'étais bien loin de me douter qu'il me faudrait attendre d'être au bord de la tombe pour mourir de rire... Ah !... Ça faisait bien longtemps que je n'avais pas ri de si bon cœur... Ah !... Ah !... Que ça fait du bien. »

Soudain, les traits du président s'affaissèrent et,

le souffle cassé, immobile sur sa couche, il ouvrit de grands yeux perdus dans le vide. Un bref mouvement de panique secoua l'assistance et M. de Montmorency présenta son crucifix au moribond en murmurant quelques mots de religion. Tout le monde était sur le point de s'agenouiller lorsque le président retrouva son air coutumier ;

« Dites-moi un peu, mon ami, dit-il à Guillaume, ma femme m'a confié qu'il était arrivé des choses passionnantes à votre frère.

— Jérôme, mon jeune frère, n'a pas su, monsieur le Président, tempérer son ardeur.

— Racontez, j'adore.

— Eh bien, monsieur le Président, il a, dans un emportement soudain, enlevé une jeune fille de condition.

— A la bonne heure ! Qu'il coure... qu'il saute... qu'il enlève... C'est signe de santé. J'espère bien que son père est fier de lui. Ce sont des hauts faits de ce genre qui perpétuent les traditions de la race.

— Mais ! monsieur le Président, cette personne était la fiancée de mon frère.

— Je l'entends. Il ne pouvait pas enlever n'importe qui.

— Mon père a eu la sagesse de le faire enfermer à la Bastille.

— Quoi ! il a fait ça ? Le rustre ! Alors, qu'il s'en évade et qu'il l'enlève une bonne fois pour toutes. »

Le président s'exprimait maintenant avec une certaine allégresse. Un souffle de vie faisait frémir son corps. Il agitait même une main décharnée qu'il avait tirée de dessous les couvertures.

« Alors... à part cela, quoi de neuf en Berry ?

— On y fait grand cas de la prochaine convocation des états généraux, monsieur le Président.

— Et c'est à juste titre, mon ami... Une bourrasque, vous dis-je. Le tiers va déchaîner une bourrasque. Ç'en est fini de nous tous... La canaille lève la tête et la bourgeoisie envieuse brocarde la noblesse en excitant la multitude contre elle... Vous verrez, nous devrons bientôt en découdre.

— Je pense, répondit Guillaume, que ce point de vue est en contradiction avec les leçons de l'Histoire. Les états de 1614 n'ont jamais fait qu'affirmer le loyalisme monarchique des trois ordres.

— Ah !... les temps ont changé. La bourgeoisie est riche, la bourgeoisie pense. Songez aux philosophes... Oui, messieurs, le tiers sait bien ce qu'il veut, aujourd'hui, les bourgeois n'en démordront pas.

— Le tiers ! s'exclama le colonel. Voilà de la belle canaille ! Avons-nous seulement à nous préoccuper de ses désirs ? Nous demandons seulement à ses députés de satisfaire à nos exigences. Après quoi, nous les renverrons chez eux.

— Et vous croyez peut-être qu'après leur avoir fait goûter au pouvoir, il nous suffira d'exprimer notre bon vouloir pour leur faire courber l'échine ?

— Monsieur le Président, ricana le colonel, le

tiers état est une espèce de bonhomme un peu chagrin, un peu rauque et très boudeur. Mais au fond, il est lâche et timide. Voilà des siècles que nous nous en servons. Ses tentatives d'émancipation se sont toujours transformées en fumée et, en dernier lieu, il recule toujours devant la force. Oui, ces gens-là ne connaissent que la force. Ils n'oseront jamais revendiquer leur part de gâteau. Je dis bien, jamais.

— Ah !... Ah !... Jamais ! vous êtes bien un militaire, vous... Quel aveuglement ! Vous êtes tous dans un état de décomposition avancé et vous ne vous en rendez même pas compte... Vous, les militaires, vous avez affronté les Anglais, mais le peuple, vous vous en moquez bien... Vous, l'intendant... L'intendant d'un roi plus soucieux de l'état de ses serrures que de l'état de ses provinces... Vous, l'abbé... oh ! pardon, vous monseigneur. On verra bien jusqu'à quel point vous êtes inviolable sous votre soutane rehaussée d'hermine... Et vous, Anne-Sophie... Anne-Sophie d'Aiglemont, vous, ma chère épouse, vous qui ne brillez d'un éclat et d'une beauté incomparables que dans mon château et grâce à mon bien, qu'en adviendrait-il s'il vous arrivait, demain, d'en être privée ? »

La présidente baissa la tête, les yeux humides, le visage coloré par la honte. Elle jeta un regard discret vers Guillaume qui lui exprima un air de compassion et de tendresse.

« Oui, poursuivit le président d'une voix de plus en plus laborieuse, plus rien, m'entendez-vous ?... plus rien ne saurait désormais m'empêcher de voir la vérité en face, maintenant que j'ai une jambe dans la tombe... Que je vous plains, mes amis, et que vous me faites pitié lorsque je vous vois chevillés à vos privilèges, et d'autant plus chevillés que vous n'avez jamais rien su faire d'autre que d'agiter toutes ces chimères... Je comprends, poursuivit le président d'une voix hachée par la toux, je comprends cet œil d'envie avec lequel vous me regardez... Je m'en vais, mais j'en ai profité, moi, de mes privilèges... et jusqu'au bout. Bien sûr, vous me sucerez le sang avant que je ne meure... Je dis bien, vous me sucerez le sang alors que je serai encore en vie, mais qu'importe, puisque j'en aurai profité, moi, de mes privilèges... Et maintenant, partez... Vous me fatiguez à la fin, à force de me faire parler... C'est un monde, Anne-Sophie... je n'arrive jamais à avoir la paix, dans cette maison... Anne-Sophie, mais pourquoi ne me laisse-t-on jamais seul un moment ?... »

Et tandis que les visiteurs se retiraient un à un, le président ne cessait de marmonner : « Ils me suceront tous le sang avant que je ne meure. Ils me suceront tous le sang... »

La compagnie se dirigea vers la porte du château en parlant à voix basse.

« Madame la Présidente, murmura l'évêque en aparté, l'état du président m'inspire les plus vives alarmes, j'ai bien peur qu'il ne faille redouter une issue fatale d'ici peu.

— Vous le croyez aussi, monseigneur ?

— Oui, madame, ce délire !

— Y pouvons-nous grand-chose ?

— Nous n'y pouvons rien. Mais il serait peut-être opportun et sage de soulager M. le Président de ses derniers péchés.

— Il reçoit les sacrements toutes les semaines depuis trois mois, monseigneur.

— Précisément, madame, depuis... peut-être.

— Quand bien même le voudrait-il, le pauvre homme est bien incapable de pécher.

— Il n'empêche, des pensées malsaines peuvent habiter l'esprit d'un malade.

— Oh non, monseigneur, non. »

La présidente marqua une pause et, après un moment de réflexion :

« Évidemment, il y a Lisette... et puis non, cela ne compte pas.

— Lisette, madame ?

— Cela est sans importance, je m'en veux d'en avoir parlé.

— Madame la Présidente ! s'exclama l'évêque en joignant les mains.

— Rassurez-vous, monseigneur, ces rapports ne peuvent guère dépasser les limites d'un attouchement sans conséquence.

— Non, madame, je ne puis laisser ces deux créatures un seul instant de plus dans le péché.

— Le péché, dites-vous ? Mais de quel péché voulez-vous donc parler ? Lorsque l'art n'apporte plus que de vains soulagements, le léger bien-être que procurent ces sortes de pratiques innocentes doit être considéré comme une bénédiction du

Ciel pour un malheureux qui souffre déjà les affres de l'agonie.

— Mais ! madame la Présidente, songez aussi au salut de cette petite Lisette.

— Les faveurs prodiguées par cette enfant, monseigneur, s'apparentent à un acte de bonté et de charité, et les bienfaits éphémères qu'elle dispense à mon malheureux époux m'apportent un temps de répit qui me permet d'affronter l'épreuve avec un courage encore plus grand.

— Alors ! madame, alors ! » soupira M. de Montmorency en écartant les bras dans un geste d'impuissance.

Les invités se trouvaient maintenant sur le seuil de la grande porte. La présidente fit savoir une dernière fois à M. de Saint-Clair à quel point elle était attristée de ne pouvoir assister à la réception offerte par son épouse et, lorsqu'elle fit ses adieux à Guillaume, elle lui chuchota quelques mots qui n'échappèrent pas à l'attention du colonel ni de l'intendant :

« Venez donc dîner chez nous demain soir, petit cousin, votre présence nous charme au plus haut point. »

Chapitre cinq

Carrosses rutilants, calèches rehaussées de dorures, montures et attelages flamboyants encombraient la grande allée bordée de marronniers à l'extrémité de laquelle se dressait le château de la Longeraie, ancestrale demeure des Saint-Clair. A ses abords, des garçons d'écurie et des valets de pied s'affairaient dans une intense agitation tandis que les invités pénétraient un à un ou par petits groupes dans l'antichambre, annoncés par un huissier en livrée galonnée de fil d'or.

Illuminée par une multitude de flambeaux, la façade du château offrit aux regards éblouis de Guillaume un appareillage de pierres de taille disposées en bandes harmonieuses et ponctuées de niches où l'on avait disposé des bustes d'inspiration antique.

Les invités furent d'abord reçus dans un salon aux murs de marbre blanc ornés de colonnes corinthiennes dans l'intervalle desquelles se trouvaient des consoles, des sculptures sur piédestaux, des glaces en biseau et de riches candélabres. Guillaume leva la tête. Une vaste fresque figurait au plafond le triomphe de la Justice, de l'Amour et de la Paix. Comme dans le château de Vaudrémont, le jeune homme se sentit de nouveau envahi par un sentiment de confusion en songeant à sa demeure de La Châtre.

Il se retrouva, un peu perdu, au milieu d'une soixantaine d'invités. Des valets et des servantes présentaient des rafraîchissements tandis que les officiers attiraient déjà l'attention des femmes qui avaient bien du mal à dissimuler leur curiosité derrière un éventail déployé pour la forme.

Revêtus de leur splendide uniforme blanc à parements écarlates, ces officiers arboraient leurs galons et le prestige de leur état avec une suffisance ostentatoire. Le colonel de Noinville se distinguait de ses subordonnés par son habit vert à boutons dorés et par une soubreveste bleue garnie d'une croix blanche à fleur de lys.

Un subdélégué, M. de Montbuisson, un fermier général qui venait d'acheter une villégiature dans la région, M. d'Anglejean, un conseiller au parlement de Metz, M. de Sales et plusieurs notables avaient endossé leur costume d'apparat : justaucorps de satin ou de velours frangé de dentelle, gilet et frac à collet retroussé en soie cannelée, rayée ou mouchetée, de couleur moutarde, boue de Paris, merdoie ; boutons ciselés et parfois décorés de miniatures, culottes de soie blanche, souliers rouges à talon, perruques poudrées à marteaux. Sous un justaucorps de satin piqué, M. de Saint-Clair laissait entrevoir un baudrier orné d'une médaille d'or à six branches sertie d'un diamant en son centre. Quant à M. de Montmorency, il témoignait de sa modestie coutumière sous une simple robe rouge rehaussée d'hermine.

Les dames allaient d'un pas nonchalant au milieu d'un grand déploiement de falbalas, de mousseline et de dentelle. Corsets hauts de manches et corsets serrés transformaient même quelques grâces en statues. On voyait aussi des robes et des jupes de toutes les façons, glacées or, rayées de satin et doublées de mosaïques cramoisies où ruisselaient les pierreries.

Les têtes empanachées de poufs à l'anglaise ou à la française ressemblaient à des bastions garnis de bouquets de fleurs ou de coupes de fruits qui, par leur simplicité, retraçaient la rusticité des charmes bucoliques. Sur l'une d'elles, un splendide trois-mâts armé de cent six canons condamnait la coquette à une rigidité de circonstance car il fallait redouter le naufrage à chaque faux pas. Au milieu de cette multitude chatoyante, Blanche de Saint-Clair était déjà la divinité de la soirée dans sa robe de damas rouge et de lampas cramoisi.

Un flûtiste, un violoniste, un violoncelliste et un claveciniste jouaient des airs à la mode de Monsieur Boccherini. Des petits groupes se formaient, des conversations s'ébauchaient. Les plus jolies femmes étaient assises, entourées de jeunes officiers qui, sous le voile d'une discrétion pudique, faisaient le choix de leurs futures conquêtes et convoitaient déjà leurs appas. Les moins belles restaient un peu en retrait sur une sorte d'Aventin superbe d'où elles jetaient un œil de mépris et de convoitise sur ces officiers qui montaient au feu dans une compétition muette mais ardente.

Guillaume était fasciné par l'intendante. Dans son désir d'égayer la société, elle voltigeait de l'un à l'autre avec une légèreté patricienne. Elle subjuguait ses invités par son ivresse tourbillonnante, par la pétulance de son propos et par son génie de la dissipation. C'était une femme au visage piquant, aux yeux bleus brûlants de passion, à la taille bien prise, à la cheville moulée par la providence. Elle s'étudiait à plaire et distillait ses charmes avec parcimonie car elle savait qu'il n'en fallait pas davantage pour enflammer les esprits. Et déjà sensible à son expression de femme d'esprit et à l'agrément des propos qui s'envolaient de sa bouche taillée en cœur, le jeune officier n'avait d'yeux que pour elle.

« Monsieur de Tonon-Laroche, lui dit-elle en le croisant, j'ai beaucoup entendu parler de vous... en bien s'entend... »

Guillaume répondit quelques bribes de mots qui vinrent expirer sottement sur ses lèvres tremblantes. L'intendante s'esquiva et s'en alla, en bondissant, semer ailleurs son pouvoir de séduction. Mais Guillaume s'imagina que sa maladresse l'avait chassée. Un peu seul, fuyant ses camarades de régiment, il nourrissait maintenant la secrète espérance, sinon de conquérir le cœur de Mme de Saint-Clair, du moins de mériter ses faveurs. L'air rêveur, il marchait d'un pas mesuré et inclinait la tête tantôt vers la droite, tantôt vers la gauche, en saluant les uns et les autres pour se donner bonne contenance. C'est ainsi qu'il fut attiré, bien malgré lui, vers trois créatures que leur physionomie peu avenante avait reléguées dans une solitude ombrageuse et qui répondirent à son salut avec empressement.

L'une d'elles se présenta sous le nom d'Aminthe d'Erneville. Guillaume pensa qu'une quarantaine d'hivers pouvaient bien s'être accumulés sur son visage effilé, plâtré, couperosé, hâve et décharné. Une odeur de musc montait avec des relents fétides de sa gorge à moitié découverte et plaquée contre son corps enfariné comme deux mamelles de chèvre contre un squelette. Le jeune homme regarda autour de lui comme pour voir si personne ne viendrait à son secours. Mais Aminthe cherchait déjà à le séduire en dénigrant la mise de Mme de Saint-Clair. Elle portait, disait-elle, un corset de fer et une robe que l'on eût crue taillée dans un tissu d'ameublement.

« Tout ce que l'on peut dire de cet attifement, précisa-t-elle, c'est qu'elle en a passé commande à Paris, chez cette demoiselle Bertin... C'est une couturière à la mode qui faisait jadis les délices des grisettes. Mais depuis que Mme de Pompadour en a fait la gloire et qu'elle habille la reine... la vogue, quoi !

— Je trouve au contraire, répondit Guillaume, que le charme de Mme l'Intendante ne doit rien à Mlle Bertin. »

Aminthe regarda Guillaume d'un œil complice et, en agitant son index dans un geste de douce réprobation, elle lui susurra dans le creux de l'oreille :

« Beau papillon, prends garde de brûler tes ailes sans aucun profit. »

A ces mots, une force irrésistible écarta Guillaume hors de ce champ de répulsion. Il se retrouva à côté du colonel de Noinville qui le cherchait, précisément.

« Dites donc, mon garçon, s'exclama-t-il, que faites-vous donc avec cette espèce de monture ?

— J'attendais que vous vinssiez m'en délivrer, mon colonel.

— A la bonne heure, c'est chose faite !... A propos, Tonon-Laroche, j'aimerais vous dire deux mots... mais vous savez, c'est assez délicat... enfin, que voulez-vous, l'intérêt de la garnison prime tout.

— Je suis à vos ordres, mon colonel.

— Eh bien voilà... c'est de la présidente d'Aiglemont qu'il s'agit.

— De la présidente ! s'exclama Guillaume en fronçant les sourcils.

— Oui. Je sais bien ce que peut avoir d'attrayant la compagnie d'une future veuve jeune et jolie, mais voyez-vous, on raconte que Saint-Clair la poursuit de ses assiduités.

— C'est son droit, mon colonel.

— Soit ! mais entre nous, poursuivit le colonel en souriant, ce petit bonhomme à moitié tordu n'a aucune chance. Anne-Sophie d'Aiglemont est beaucoup trop raffinée pour lui... mais c'est un fait, on dit qu'il lui fait la cour.

— Cela le regarde.

— Parfaitement, et c'est pourquoi je vous demande d'user de retenue dans vos rapports avec la présidente. Pour éviter même l'ombre d'un soupçon, abstenez-vous de lui rendre de trop fréquentes visites. Sait-on jamais ! Il y a des mauvaises langues partout.

— Mon colonel, je ne vois pas très bien.

— Comprenez-vous, Tonon-Laroche, ce genre de situation a vite fait de dégénérer et en aucun cas je ne souffrirai que des rapports ombrageux s'établissent entre notre intendant et l'un des officiers de ma garnison.

— Mais, mon colonel...

— Laissez-moi terminer. Et si par hasard vous deviez vous battre en duel avec lui, sachez dès à présent que votre carrière en serait brisée sur l'heure.

— Mon colonel, répondit Guillaume, le sourire aux lèvres, je pense que vos appréhensions reposent sur de mauvais fondements. Il n'y a pas lieu d'éviter la compagnie d'une parente à laquelle ne m'attachent que des liens de tendre affection familiale.

— Précisément... précisément... imaginez la tête de M. de Montmorency.

— Ça par exemple !... L'évêque, lui aussi...

— Mais non... mais non... fit le colonel en éclatant de rire. Mais vous devez savoir que l'Eglise considère l'inceste comme un péché énorme. Que dirait-on si la présomption de séduction se doublait d'une présomption d'inceste ?

— J'ai sans doute exprimé le fond de ma pensée avec maladresse, mon colonel. Mes intentions à l'égard de la présidente sont plus pures que le cristal. Au demeurant, nos rapports ont la bénédiction de mon père et quand bien même, je me demande où serait l'inceste, la présidente n'est ma cousine que par alliance.

— Affinité spirituelle ou consanguinité, il n'y a guère de différence dans l'ordre du péché. Songez-y, vous voilà prévenu, mon gaillard... Allons, allons, un jeune homme à la mode dans un uniforme galonné n'a que l'embarras du choix dans une ville de garnison. Tenez, je suis convaincu que Saint-Clair vous verrait d'un moins mauvais œil en compagnie de sa femme, dont il se moque éperdument, qu'aux côtés de la présidente. Mais à ce propos, ne vous bercez pas d'illusions. Mme de Saint-Clair s'est spécialisée dans le très haut grade. Mon prédécesseur le colonel de Bédarieux en avait fait son amante. En aucun cas elle ne souffrirait de déroger dans les bras d'un simple lieutenant. »

Le colonel se pencha vers Guillaume et ajouta à mi-voix :

« Entre nous, Tonon-Laroche, l'intendante attend maintenant que je prenne la relève. Les œillades qu'elle me jette en disent plus que des mots. Mais je ne suis pas de ces militaires qui donnent dans la galanterie. Les arts martiaux avant tout. La malheureuse en est piquée au vif et je gagerais fort qu'elle médite sa vengeance. »

Chemin faisant, le colonel et Guillaume

s'étaient approchés de l'intendant. L'un de ses subdélégués, M. de Montbuisson, qui revenait de Versailles où il avait séjourné quelques jours, l'entretenait de problèmes graves. A son retour, il s'était arrêté dans l'un des villages de sa subdélégation où sévissait la fièvre putride. L'on y voyait les malades croupissant dans une misère indicible et formant des sortes de conglomérats excrémentiels avec la paille sur laquelle ils reposaient, juste à côté des cadavres qui n'avaient pas encore été mis en terre. Aussi le subdélégué demandait-il qu'un médecin des épidémies et des secours en vivres fussent dépêchés sur-le-champ dans ces régions frappées par le malheur. Mais l'intendant lui répondit que l'état des finances royales ne permettait guère de telles largesses et que les paysans, qui ont l'esprit gros, s'accommodent mieux des rebouteux et des bonnes femmes que des médecins.

« En voilà de bien bonnes ! s'écria le colonel qui avait prêté l'oreille à la conversation. Puisque vous faites si grand cas de la fièvre putride, qui n'intéresse personne, disons deux mots de la vérole. Vous savez sans doute que bien des femmes de mauvaise vie marchandent leurs faveurs aux alentours de la caserne. Et en matière de faveurs, elles en prodiguent de cuisantes à mes soldats. Tenez, la nommée Rosalie a laissé sa carte à quarante-deux de mes hommes, Reinette à trente-six, Mathurine à vingt-six. J'ai donc adressé au comte de Brienne un mémoire pour lui faire savoir qu'une douzaine de femelles vérolées dans les parages d'un cantonnement avait la force de destruction de deux bataillons anglais.

— Le comte vous en sera redevable, colonel, dit l'intendant.

— Ne serait-il pas opportun d'enfermer ces greluches dans un hospice ?

— Et pourquoi pas dans un château, colonel ?

— Voyez-vous une autre solution ?

— Faites-leur couper une oreille, colonel. L'ordonnance de Lenoir vous en donne l'autorisation et c'est moins cher.

— Et que ferai-je des oreilles de Rosalie, de Reinette et de Mathurine ? fit de Noinville en éclatant de rire.

— Vous les épinglerez sur votre poitrine à côté de vos décorations, colonel. »

A son tour, l'intendant éclata de rire à l'instant même où le colonel, qui n'avait jamais eu de décoration, retrouvait son air grave.

« Au fait, colonel, reprit Saint-Clair, nous parlons de fièvre putride et de vérole, qui n'intéressent personne, mais vous ai-je seulement montré ma collection de tableaux ?... Chers amis, lança-t-il à l'adresse de ses invités, ceux que ma galerie de tableaux intéresse sont priés de me suivre. »

L'assistance fut introduite dans un cabinet aménagé avec sobriété pour rehausser l'éclat des œuvres d'art. L'intendant présenta les pièces maîtresses de sa galerie avec ostentation : un Fragonard, douze mille livres ; un Watteau, treize mille cinq cents livres ; un Boucher, huit mille livres ; un Greuze, onze mille six cents livres !

Soudain, Mme de Saint-Clair et Guillaume se retrouvèrent face à face devant une petite pièce de Watteau : *la Persévérance*. Surmontant sa timidité, le jeune homme prit l'initiative de la conversation avec le désir d'effacer le mauvais souvenir de ses premiers balbutiements :

« Watteau, madame l'Intendante, dit-il en rougissant, Watteau ! Regardez ce jeune garçon qui, à travers la simplicité pourtant si grande de ses traits montre déjà sa passion sublimée avec une délicatesse de manières où se conjuguent la politesse de notre siècle et comme une dernière fleur de chevalerie dans l'amour... Et cette jeune fille qui ne met point de rouge mais dont la grâce nous envoûte plus encore que ce soupirant qui la courtise avec tant de persévérance. Voyez ces yeux mi-clos, ces joues à fossettes, ce petit nez mutin, ces bras arrondis, ces mains potelées, l'esquisse de ces seins fermes et ronds, cette bouche fraîche et brûlante à la fois, faite pour donner des baisers et en recevoir... Ainsi, madame l'Intendante, la beauté exige la simplicité et rien ne nous est exprimé avec tant de force que les sentiments qui ne nous sont jamais décrits, mais seulement suggérés. En cela, madame, Watteau est un grand maître et son pinceau a des vertus magiques. »

Mme de Saint-Clair semblait songeuse. Guillaume tendit l'oreille dans l'attente d'un compliment.

« Monsieur, répondit-elle, il y a en vous beaucoup de sensibilité, mais pour ma part, je préfère les tableaux de Fragonard où s'exprime un amour qui emporte de vive force la dernière pudeur de la femme. »

Et l'intendante passa, altière et hautaine, laissant Guillaume inerte, les yeux perdus dans le vague.

Lorsque les invités pénétrèrent dans la salle à manger, M. de Saint-Clair le prit par le bras et lui dit :

« Cher monsieur de Tonon-Laroche, vous savez sans doute que votre colonel courtise madame la Présidente, et sans lui laisser le moindre répit, la pauvre femme !

— C'est son droit, monsieur l'Intendant, répondit Guillaume.

— Entre nous, soyons francs. Ce grand escogriffe de grenadier n'a aucune chance d'emporter la citadelle. Notre présidente a beaucoup trop de délicatesse pour s'accommoder de ses allures de hussard. Quoi qu'il en soit, j'ai pensé qu'il serait bon de vous en aviser.

— Mais cela ne change rien à l'affaire, monsieur.

— N'en croyez rien, monsieur, la présidente n'est pas dépourvue de charme et votre cousinage risque d'entretenir une familiarité susceptible de vous induire en tentation.

— Voilà de bien grands mots.

— Permettez-moi de vous donner malgré tout un conseil d'ami. Une imprudence de votre part serait fatale à votre tableau d'avancement. Il y va, au surplus, de l'intérêt de ma généralité. Vous savez comme moi que nous vivons des temps difficiles, et où irions-nous si, par malheur, nos officiers se querellaient entre eux ?

— En tout état de cause, monsieur l'Intendant, je crois pouvoir vous rassurer sur un point : vos alarmes sont vaines. Les sentiments que m'inspire la présidente ne procèdent que de la plus pure affection familiale.

— Je n'en doute pas, monsieur, et c'est pourquoi je vous demande de renoncer à vos visites pour éviter tout malentendu. »

Chapitre six

La salle à manger offrait le spectacle d'une multitude de lumières qui ruisselaient à l'infini dans les glaces et les cristaux. Lustres, girandoles, bras de lumières, cariatides de bronze ciselé garnies de chandelles répandaient un fard innocent sur le visage des jolies femmes et, par la magie des clairs-obscurs, donnaient à leur peau ce satiné qui caresse la vue et affole les sens.

La pièce s'ouvrait par six grandes portes-fenêtres sur une orangerie, et un léger courant d'air apportait, avec la fraîcheur d'un soir d'été, le parfum des myrtes et des orangers. La table était garnie avec faste. L'argile de Samos et la terre de Sicile y disputaient le prix avec l'or et l'argent. Guillaume prit place entre Aminthe et une minuscule créature au visage si bariolé qu'il la considéra comme il l'eût fait d'un colibri. Il était installé face à MM. de Saint-Clair et de Noinville. Un peu plus loin se trouvait M. de Montmorency et, sur sa droite, présidant aux agapes, l'intendante.

Ce fut alors le carrousel de tout ce que l'imagination peut concevoir d'exquis et de piquant en matière de bonne chère : cailles à la financière, turbot au coulis de homard, jambon cuit au vin de Madère, potage bisque, viandes et rôts de toutes les variétés, préparations capables de réveiller les sens des gourmets les plus blasés.

Le silence se fit. Stimulés par l'odorat, les ventres se mirent à gargouiller, reléguant dans les coulisses le bel esprit et les convoitises. On communiait désormais dans ce recueillement qu'inspire toute la gamme des impressions gustatives rares, lorsque Mme de Saint-Clair, qui craignait que les estomacs ne prissent le dessus sur la bonne humeur, rompit le silence :

« Monsieur de Montbuisson, dit-elle avec son joli sourire, vous qui revenez de Versailles, faites-nous le récit de vos dernières impressions.

— Ma foi, madame l'Intendante, l'atmosphère de la Cour m'a semblé fiévreuse. Le roi a toujours son bon sourire, il accueille ses gens avec la même civilité, mais il y mêle un sérieux inaccoutumé et en me congédiant, il m'a dit, sur un ton de gravité qui m'a causé de vives alarmes : “Adieu, monsieur, que Dieu vous garde ! Je sais que vous me serez toujours fidèle.”

— Mais ! s'exclama le colonel, quelles peuvent bien être les secrètes inquiétudes du roi ? Sommes-nous à la veille d'une guerre ? Nous la désirons tous, mais rien ne la laisse prévoir. L'Angleterre est notre seule ennemie, et nous l'avons si bien étrillée sur terre comme sur mer, il y a dix ans, qu'elle n'a guère envie de recommencer.

— Nous pensons plutôt, dit l'intendant, que la

convocation prochaine des états généraux reste le souci majeur du roi.

— Et que peuvent-ils donc, demanda le colonel, contre une monarchie séculaire ?

— L'esprit n'est plus l'apanage des grands, colonel. Le peuple se réveille et, cette fois, il marche derrière des guides.

— Et croyez-vous vraiment qu'une cohorte d'avocaillons oserait nous enterrer tout vifs ?

— Et pourquoi pas ? s'exclama le conseiller de Sales. Il ne manquait à ces gens-là qu'une seule chose : être réunis. Voilà qui est fait ! Rien ne sépare plus guère le monarque de l'abîme. De quel poids seraient les Besenval, les Fersen, les Coigny, les Polignac ou les Adhémar, face à la mauvaise humeur du peuple ? Messieurs, je vois la France dans une combustion prochaine.

— Mais est-ce que vous y croyez, à toutes ces billevesées ? trancha la femme du fermier général, Mme d'Anglejean, qui agitait son éventail avec frénésie. Assemblera-t-on ces gens-là pour de bon ? On peut feindre, aujourd'hui, de les appeler, mais à Dieu ne plaise qu'on les convoque.

— Et pourtant, chère amie, remarqua l'intendante, on frémit, à Versailles, à l'idée de se donner des tuteurs. Mme de Polignac aurait même dit à la reine en pleurant : "Madame, vous êtes perdue, et nous aussi, si les états ont lieu."

— Et le bruit court, précisa de Montbuisson, que l'on profite des circonstances pour achever de brouiller cette princesse avec Monsieur.

— Rien d'étonnant ! s'exclama M. de Montmorency avec un air de mépris. Monsieur ne cache même plus son désir de plaire à la multitude. L'audace de ce prince passe les bornes. Depuis l'Assemblée des notables, Monsieur fait acte de démocratie, Monsieur se constitue le soutien des droits communs et Monsieur se sépare avec éclat de la cause ministérielle.

— J'ai du mal à démêler, dit Guillaume, les raisons qui peuvent bien pousser Monsieur dans une voie si contraire à ses intérêts.

— Hargne de cadet, monsieur de Tonon-Laroche ! répondit l'évêque qui se partageait avec passion entre Monsieur et sa cuisse de faisan.

— Mais, enchaîna Guillaume, le roi est plein de jeunesse et de santé. Il a deux enfants. Monsieur est sans postérité et peut-être même sans espérance d'en avoir jamais. Quel sens peut-il bien donner à ses prétentions ?

— Je suis convaincu qu'il l'ignore lui-même, dit l'évêque. Il aspire à se rendre nécessaire, fût-ce au prix d'un déluge. Oui, messieurs, si les aînés sont les piliers des familles, les cadets en sont souvent les épines. »

A ces mots, Mme de Saint-Clair lança un sourire discret en direction de Guillaume et prit la parole :

« Ce sont pourtant les cadets qui recueillent parfois le génie et la vivacité de leur race, à défaut d'en recueillir le patrimoine.

— Et aux dernières nouvelles, remarqua M. de Montmorency qui suivait le fil de sa pensée, Monsieur ne serait plus l'exception, on épouse maintenant la cause de la populace par air. La contagion aurait, dit-on, gagné les La Rochefoucauld, les Noailles, les Lameth, les La Fayette, les d'Aiguillon et bien d'autres.

— C'est que l'exemple vient de haut, fit remarquer le conseiller de Sales. Calonne dirige les esprits d'Angleterre, Adhémar et Vermont se sont rangés sous la bannière de Brienne et briguent la succession de Necker, chacun bâtit son château en Espagne et Necker se dit lui-même persuadé que les mandataires du tiers se mettront sous sa tutelle et qu'il les mènera à la lisière... comme des petits enfants. »

C'est alors que le fermier général sortit de sa réserve :

« Il aurait même la prétention, dit-il, de faire payer l'impôt à tout le monde. »

L'assistance au grand complet approuva cette sage initiative en soulignant qu'il était naturel que la nation entière participât à la prospérité du royaume.

« Je veux dire par là, précisa M. d'Anglejean, qu'il voudrait nous faire payer l'impôt, à nous aussi.

— A nous aussi ! s'écrièrent tous les convives horrifiés.

— Il voudrait même, paraît-il, nous priver du revenu de nos droits seigneuriaux.

— Il ferait ça ! »

La consternation se lisait sur tous les visages, accompagnée d'un silence de glace. Aminthe prit la parole de sa voix fluette :

« Mais, je ne comprends pas. Comment pourrons-nous donc payer l'impôt si l'on nous prive du revenu de nos droits seigneuriaux ? »

Un à un, les invités sortirent pourtant de leur stupeur pour prendre le dessus avec vivacité. On invoquait maintenant la force séculaire de la monarchie et la pérennité de l'ordre. La fièvre montait, la colère grondait. L'intendante crut bon d'apaiser les humeurs :

« Mes amis, mes amis, s'écria-t-elle d'une voix frivole. Ce n'est ni le lieu ni le moment. Que les esprits maussades s'en aillent et que les autres boivent à la santé du roi. »

Les laquais se précipitèrent vers les coupes qui s'étaient levées à l'unisson. Le champagne se mit à couler, les visages s'égayèrent, les langues se débridèrent :

« En définitive, dit M. de Saint-Clair, que veulent ces gens-là ? Des honneurs ? Eh bien, nous leur en donnerons, juste de quoi apaiser les esprits, et après, nous leur reprendrons d'une main ce que nous leur aurons donné de l'autre.

— On n'a qu'à voir, s'exclama de Sales. Ces bourgeois se sont mis à ramper lorsque le roi a consenti au rappel de Necker.

— Je dirai même, monsieur, que nous sortirons grandis de cette épreuve, enchaîna d'Anglejean, car enfin, ces gens-là ne veulent le pouvoir que parce qu'ils ne l'ont jamais eu. Ils n'en ont tâté qu'au travers de l'œuvre de leurs amis les philosophes… Ainsi verront-ils qu'ils sont incapables d'y comprendre grand-chose.

— Et puis, ajouta de Sales, ils verront aussi que nous sommes les seuls, avec les parlements, capables de les protéger des griffes d'un tyran, fût-il de sang royal ou tiré de la populace. »

C'était, de nouveau, l'apogée du Grand Siècle, et la convocation des états généraux semblait avoir été différée de mille ans. La galanterie reprit bientôt le dessus. Les œillades et les bons mots fusaient. Les officiers sabraient du regard dans le beau sexe. Expertes en matière de séduction, les femmes déployaient tout l'arsenal de leur savoir-faire. Les enchères s'ouvrirent, muettes, subtiles.

Guillaume était subjugué par l'éclat et par la vivacité de Mme de Saint-Clair, qui ne l'ignorait pas. Elle suivait avec délices la progression de ses sentiments, sans le regarder, sans lui adresser la parole, et sans même qu'il s'en rendît compte. L'atmosphère de la soirée commençait à la griser. Portée par la bonne humeur, elle jeta tous ses feux dans la conversation.

« Messieurs les officiers, s'exclama-t-elle, j'espère que vous vous montrerez dignes de vos prédécesseurs dans l'art de nous donner du divertissement. Vous conterai-je la façon dont ils ont fait rire toute la ville, l'an dernier ? Vous avez tous pu constater que les juifs pullulent dans notre bonne ville de Metz et qu'ils y sont tenus en suspicion et soumis à certains règlements de police... »

A ces mots, les visages s'illuminèrent. L'intendante rayonnait. Le charme de son sourire et de son bel esprit avait investi la place et, à mesure qu'elle parlait, les inflexions de sa voix se coloraient de toutes les nuances qui forment la lyre de l'élégie :

« J'en profite pour rendre hommage au président d'Aiglemont qui a inspiré au gouverneur ces règlements salutaires. J'espère bien qu'il sera sur pied d'ici les Rois pour honorer de sa présence notre prochaine réception.

— Hélas, madame, fit de Noinville, le président est au plus mal. Il a déjà une jambe dans la tombe et il me semble même privé d'une partie de ses esprits. Figurez-vous, ajouta-t-il en souriant, qu'il s'est mis en tête que nous lui sucerons tous le sang avant qu'il ne meure. »

La remarque fut accueillie dans un silence de confusion et la présidente reprit le cours de son propos :

« J'en reviens à nos juifs. Vous savez peut-être qu'ils ne peuvent assister à la comédie qu'au parterre et parqués au fond de la salle. Eh bien, figurez-vous que de jeunes officiers ont eu l'idée, l'an dernier, de leur faire une niche pendable. Un soir, au cours d'une représentation à laquelle j'assistais, ils prirent place au premier balcon. Chacun d'eux était muni d'un crin à l'extrémité duquel ils avaient attaché un hameçon qu'ils firent descendre discrètement jusqu'à hauteur des perruques qui ornaient le crâne de nos juifs de manière à les y accrocher sans qu'ils s'en rendissent compte. Et alors... et alors le régisseur frappe les trois coups. Le rideau se lève. Au même instant, les officiers tirent leur ficelle et voilà que toutes les perruques de nos juifs se mettent à danser en l'air... »

A ces mots, un immense éclat de rire fit vibrer la salle à manger, se propageant par rafales de couloir en couloir, de pièce en pièce et de chambre en antichambre. Les invités se laissaient aller à toutes sortes de contorsions et M. de Montmorency, qui avait porté une coupe à ses lèvres au moment où l'intendante donnait le fin mot de l'histoire, avait failli s'étouffer en éclaboussant son entourage. Transportés par l'hilarité et grisés par les vapeurs d'alcool, quelques officiers en profitèrent pour lutiner leurs voisines car l'impudicité de l'attouchement avait toutes les chances de passer inaperçue dans le tumulte. L'intendante, qui riait elle-même de son bel esprit, s'apaisa, essuya ses paupières, et reprit la parole :

« Vous devinez, mes amis, que nos bons juifs étaient furieux. Le crâne découvert à moitié pelé et uniformément sale, ils vociféraient, les poings tendus vers le balcon. Et ils disaient... mon Dieu... est-ce possible... ils disaient... vous ne devinerez jamais...

— Que disaient-ils ?... Mais que disaient-ils donc ? demandèrent tous les invités.

— Ils disaient "Vous nous les rembourserez... Vous nous les rembourserez." Voilà ! Alors que toute la salle ne songeait qu'à rire et à s'amuser, les juifs, eux, ne songeaient qu'à se faire rembourser !

— Eh ! madame, fit le fermier général, qu'attendiez-vous d'autre ? C'est le métier des juifs que de se faire rembourser.

— Ce n'est pas tout, messieurs, une perruque

s'étant accrochée à un chandelier prit feu et son propriétaire se mit à hurler : “C'est un péché ! C'est un péché ! Elle m'a coûté le rapport annuel de mille livres bien placées !”... »

« Madame, dit M. de Montmorency en souriant avec mansuétude, de grâce, je vous prie, votre esprit a le tranchant du scalpel. Je sais bien qu'ils ont crucifié Jésus, mais quand même, soyez charitable, laissez-les en paix... laissez-les en paix... »

« Et écoutez bien ceci, mes amis, poursuivit l'intendante, les perruques dansaient toujours et nos juifs tentaient de les récupérer en sautant de façon grotesque. L'un d'eux réussit à attraper la sienne et l'officier se cramponna à la ficelle en appelant ses camarades à la rescousse : “Mes amis... mes amis... leur disait-il, à l'aide... à l'aide... j'ai un gros juif qui mord !” »

Les rires redoublèrent, mêlés de gémissements sourds et de soupirs d'épuisement. Mme de Saint-Clair restait intarissable :

« Mais l'affaire faillit tourner très mal. Les acteurs étaient furieux, car, pour une fois, la comédie était dans la salle et, ce soir-là, personne ne leur prêta la moindre attention. Aussi portèrent-ils plainte, dès le lendemain, auprès du colonel de Bédarieux qui, pour éviter que de tels désagréments ne se reproduisent, prit, sur les conseils du président d'Aiglemont, la sage décision d'interdire jusqu'à nouvel ordre l'entrée de la comédie aux juifs. »

Les esprits s'apaisèrent un peu. Quelques invités, affalés sur leur chaise, essuyaient avec un mouchoir leur visage échauffé par le vin et le rire. D'autres, tout essoufflés, les traits tendus, essayaient de reprendre haleine. Les femmes semblaient anéanties. Sous prétexte de les aider à retrouver leur calme, des officiers en profitèrent pour les caresser. Quelques-unes, dont le fard avait été emporté dans la débâcle, se recomposaient le visage devant un petit miroir. Le trois-mâts avait sombré dans la tourmente avec ses cent six canons. Sa propriétaire essayait de le remettre en place, mais il donnait de la gîte. Elle le posa sur une console.

Enfin, la conversation, plus grave, roula sur les bonnes mœurs. M. de Montmorency rendit hommage à l'action bienfaisante de la présidente d'Aiglemont. Avant que le président ne vînt résider sur ses terres, dans la paroisse de Montigny dont il était le seigneur, disait l'évêque, les pratiques illicites, qui n'étaient à ce jour que le funeste apanage des gens des villes, menaçaient de corrompre la simplicité rustique des mœurs du village. Dieu soit loué ! cette grande dame les avait restaurées dans leur pureté originelle au prix d'un inlassable sacrifice. La manifestation la plus éclatante de cette œuvre charitable était l'institution de la fête de la Rose.

M. de Saint-Clair enchaîna en rappelant qu'il était grand temps de songer à la désignation de la rosière, dont on célébrerait les vertus à la Saint-Michel. Alors, Mme de Saint-Clair passa en revue toutes les jeunes filles de Montigny et envisagea quelques candidatures. Elle en retrancha, en les nommant, toutes les filles mères. M. de Montmorency écarta à son tour un certain nombre de personnes que l'on voyait, à la messe, les épaules découvertes ou qui, aux dires du curé de la paroisse, boudaient confesse. Les dames jetèrent l'anathème sur toutes celles qui s'attardaient de nuit dans les rues du village au risque de semer la confusion et le colonel stigmatisa les imprudentes qui déambulaient aux abords de la garnison, en sorte que plus personne ne restait en lice. Guillaume prit la parole :

« Des femmes ont pourtant le droit de se promener du côté de la caserne, et il n'y a pas lieu de ternir leur réputation pour autant.

— J'en conviens, répondit le colonel. Mais je veux dire par là qu'elles devraient comprendre que leur beauté est susceptible de troubler nos jeunes gaillards dans l'exercice de leurs fonctions. »

Tous les invités témoignèrent du même sentiment, à l'exception de Mme de Saint-Clair qui regarda Guillaume en l'approuvant d'un air tendre et complice. L'œillade n'échappa point à M. de Sales, qui ne cessait d'épier l'intendante dans la moindre de ses expressions.

« Mais, demanda Mlle d'Anglejean, fille du fermier général, qui désigne la rosière ?

— Elle est choisie, mademoiselle, répondit l'intendante, par l'assemblée de tous les paroissiens selon une procédure fort libérale. Quelques notables du lieu et leurs épouses se réunissent sous la présidence de la présidente d'Aiglemont et de moi-même. Nous choisissons trois jeunes villageoises parmi les plus chastes. Les trois noms sont ensuite proposés à l'assemblée paroissiale qui approuve le choix sans discuter. Le syndic du village, l'officier de justice seigneuriale, le curé et quelques laboureurs honnêtes s'en vont alors en procession fleurie jusqu'au château de Vaudrémont où le président d'Aiglemont désigne enfin, parmi ces trois villageoises, l'heureuse élue au cœur chaste et pur. »

Tous les convives tombèrent en pâmoison tandis que le fermier général s'écriait :

« Une belle leçon de démocratie pour ces messieurs les bourgeois qui prétendent nous donner des leçons.

— Et la remise de la couronne de roses, ajouta Mme de Saint-Clair, est accompagnée de cérémonies religieuses et profanes qui se terminent par une fête rustique offerte à nos villageois dans les jardins du château de Vaudrémont.

— Une fête rustique ! s'exclama tout étonnée la fille du fermier général.

— Une fête rustique, reprit l'intendante.

— Mais... une fête rustique avec des paysans ?

— Avec des paysans.

— Avec... de vrais paysans ?

— Parfaitement, mademoiselle.

— Des paysans... des paysans comme on en voit dans les livres de Monsieur Jean-Jacques Rousseau ?

— Tout comme, mademoiselle. »

Emerveillée, Mlle d'Anglejean déploya son éventail et le secoua vivement pour se remettre de ses émotions. Il y eut un moment de silence. Le ravissement se lisait sur tous les visages. Enfin, Mme de Saint-Clair reprit la parole :

« Voyez-vous, mes amis, dit-elle d'une voix tendre et nostalgique, c'est seulement au cours de ces fêtes rustiques que je goûte le vrai bonheur. Et ces moments sont hélas bien rares. A la vérité, je suis lasse de la vie apprêtée et artificieuse... fatiguée des exigences de l'étiquette, fatiguée des conventions et des représentations... lasse du faste, de la hiérarchie, excédée par la tyrannie de la mode. J'aime, au contraire, me frotter à nos solides paysans dont le contact vivifiant me rapproche des riantes solitudes de nos campagnes où je retrouve enfin le grand mystère de la nature. Au fond, voyez-vous, mes amis, je suis une femme de la terre. »

Quelques larmes se mirent à couler. L'épanchement avait soulevé l'émotion. Le conseiller de Sales, qui ne put étouffer ses sentiments d'admiration, murmura :

« Madame... madame... madame... »

Fasciné par cette évocation de la nature, Guillaume eut l'impression que toutes les conventions s'étaient évanouies et que l'amour des choses simples permettait toutes les licences.

« Oui, soupira-t-il, les conventions nous ont pervertis. Que faisons-nous derrière ces murs et sous nos haillons ? Madame l'Intendante, il est sacrilège de dérober à nos regards ce chef-d'œuvre de la nature que je devine sous vos falbalas. C'est nue... toute nue que vous devriez vous offrir à nos yeux ! »

A ces mots, les regards se détournèrent de Guillaume pour converger vers l'intendant. Mme de Saint-Clair semblait elle-même plongée dans un embarras considérable. M. de Saint-Clair se leva dans un emportement soudain et s'écria :

« Monsieur, je vois dans vos paroles de la témérité ou beaucoup d'inconscience. Et, dans tous les cas, j'y vois aussi beaucoup de vulgarité. »

Guillaume se leva à son tour.

« Monsieur, répondit-il, j'ai peut-être assorti mon propos d'une apparente liberté d'allure. Mais je n'y verrai, pour ma part, ni témérité ni inconscience, et la vulgarité est un sentiment que j'ai en horreur. J'ai seulement pensé que dans un échange dominé par l'esprit, il était permis de s'affranchir des conventions de la vie policée pour s'élever à ce niveau supérieur où toute chose qui, en d'autres circonstances, prendrait des airs de licence, devient ici l'expression de sentiments nobles. Ainsi, monsieur l'Intendant, je vous prie de croire que l'évocation de la nudité de Mme de Saint-Clair est dénuée de mauvaises pensées. Je me permets, bien au contraire, de comparer l'innocence de mes imaginations à la pureté du pinceau de Botticelli lorsqu'il a tracé la Vénus sortant des flots. Si ces raisons ne sont point à votre convenance, alors, monsieur, je suis votre homme, dès demain, s'il le faut, au lieu qu'il vous plaira et selon les dispositions que tout offensé est en droit de fixer à sa guise.

— Monsieur, répondit M. de Saint-Clair, vous êtes tout à la fois un homme d'honneur, un honnête homme et un homme d'esprit. Je me rends à vos raisons et je vous demande de me compter désormais au nombre de vos amis. Permettez, monsieur, que je vous embrasse. »

Les deux hommes se jetèrent dans les bras l'un de l'autre en se faisant mille baisers et en se prodiguant mille caresses. D'un vigoureux coup d'aile, Guillaume avait conféré au débat une élévation qui le rendit illustre aux yeux de tous. Les musiciens, qui avaient délaissé leur instrument, respectèrent cet instant de solennelle gravité avant d'enchaîner sur une musique de table dans le goût italien.

Mais des sentiments contradictoires agitaient Mme de Saint-Clair. Sans doute se félicitait-elle de l'heureuse issue d'un malentendu qui aurait pu ternir l'éclat de sa soirée. L'élégante référence à la Vénus de Botticelli la flattait. Surtout, la délicatesse avec laquelle Guillaume avait su rétablir à son profit une situation qui semblait désespérée exerçait sur elle une fascination si grande qu'un sentiment plus profond succéda en elle au seul désir de plaire à ce jeune officier. Mais dans le même temps, elle se sentait piquée dans son amour-propre. Ne se faisait-elle pas un point d'honneur que de démêler les situations les plus épineuses par la seule force de son bel esprit ? Or, Guillaume était devenu la célébrité de la soirée par l'élégance de son savoir-faire. Il fallait que, par un trait d'esprit, elle détournât l'attention sur elle en rappelant qu'elle était toujours reine en matière de bel esprit.

« Eh bien ! dit-elle de sa voix piquante, en voilà beaucoup de bruit pour peu de chose. Après tout, les nations sauvages ne rougissent pas de leur nudité et je gage que le premier qui s'avisa de se vêtir en été n'était qu'un nabot, un bossu, un contrefait. Notre plus bel ornement est sans équivoque le seul qui nous ait été donné par la nature. Buvons un coup ! »

A ces mots, le vin de Champagne se remit à couler, les rires et les attouchements reprirent de belle manière.

« Même si les premiers germes de la pudeur existaient dans l'homme, reprit Guillaume, il est certain que les conventions ont concouru à son épanouissement. Buvons un coup ! »

Après une aussi brillante repartie, Mme de Saint-Clair comprit qu'il lui faudrait de nouveau rétablir la situation à son profit. Elle se trouva donc bien aise lorsque les effets de Guillaume furent brisés par la voix nasillarde d'Aminthe :

« Maudit soit le cul-de-jatte qui s'avisa de cacher ses difformités sous de vains ornements. Buvons un coup ! »

M. de Montmorency restait de marbre. « Satan… Satan… » murmurait-il sans que personne n'y prît garde.

« Mesdames, mesdames, s'écria-t-il, un peu plus de modestie dans vos propos, je vous prie. La nudité est très détestable car elle nous renvoie au péché originel. Tel est le tribut de la luxure de nos premiers ancêtres. Supportons-en le poids avec bravoure. »

Une voix s'éleva :

« Au diable ce trublion de péché originel en cette soirée de réjouissance. Buvons un coup ! »

Et toute la compagnie reprit en chœur : « Au diable le péché originel, buvons un coup ! »

« Mes enfants, mes enfants, répondit l'évêque d'une voix pleine de compassion. Dieu est grand, il vous accordera son pardon. »

Là-dessus, M. de Montmorency se cantonna dans un silence boudeur en se contentant de marmonner : « Satan... Satan... »

Les libations reprenaient de plus belle. Soudain, l'évêque releva la tête et jeta ses foudres.

« Alors... alors... alors... » hurla-t-il les yeux exorbités, les mains tremblantes, la tête enfoncée entre les épaules.

En cet instant précis, Mme de Saint-Clair pensa que sa soirée était définitivement compromise et qu'elle trouverait son épilogue dans une séance de confession collective.

«Alors... alors... hurlait toujours l'évêque. Alors... alors ! Buvons un coup ! »

Et M. de Montmorency vida son verre avant d'éclater de rire. Tous les convives lui emboîtèrent le pas avec une frénésie d'autant plus grande qu'elle succédait à un moment d'émotion, cependant que sous la table les mains exploraient le terrain avec une audace toujours croissante.

Lorsque le dîner fut terminé, tout le monde se dirigea vers le salon et la fille du fermier général demanda à sa mère :

« Maman, maman, me permettrez-vous de danser avec un paysan à la fête de la Rose ?

— Si votre père y consent, je le veux bien, mon enfant, répondit Mme d'Anglejean avec un tendre sourire.

— Père. Ô père ! pourrai-je danser avec un paysan à la fête de la Rose ?

— Faites à votre convenance, faites à votre convenance, ma fille, puisque c'est l'air du temps », répondit le fermier général avec un geste d'impuissance et un soupir de lassitude.

Chapitre sept

Des cercles de conversation se formèrent tandis que les plus jeunes et les mieux faits esquissaient quelques figures de danse. Des laquais servaient le café et toutes sortes de liqueurs. Dans la sérénité retrouvée, on se félicitait de la réussite du repas, de la bonne humeur, de l'exquise sensibilité de Mme de Saint-Clair qui, par la magie de son bel esprit, avait porté l'art d'animer la conversation à un suprême degré de perfection. L'intendante recevait les compliments les yeux baissés, mais elle avait toujours un regard en coin pour Guillaume.

Or, au même instant, Guillaume captivait les demoiselles les mieux tournées par l'aimable délicatesse de son pas de danse, et, bien qu'Aminthe se fût glissée de vive force dans la cohorte de ses ravissantes cavalières, il mettait dans ses moulinets, dans ses poussettes et dans ses révérences tant d'agrément qu'il tenait son entourage sous le joug de son charme. Conscient de ses effets, la tête haute, droite et bien placée, les épaules en arrière, il arborait un sourire de contentement discret.

Mais alors même qu'il semblait n'accorder ses faveurs qu'à ses cavalières, ses pensées secrètes étaient dominées par le souci de plaire à Mme de Saint-Clair.

De son côté, l'intendante faisait rouler la conversation sur les derniers romans à la mode. Le goût du jour la comblait. Après tant de débauche et de licence, il était heureux, disait-elle, que nos bons auteurs en revinssent à plus de tendresse et de sensibilité dans des œuvres où se lisait enfin l'amour véritable de la nature. Ces bonnes dispositions trouvaient aussi leur écho dans la peinture grâce au génie de Monsieur Greuze qui retraçait avec tant de fidélité l'existence poignante de nos braves villageois. Mme de Saint-Clair donnait ainsi le ton et tout le monde acquiesçait avec la bénédiction de M. de Montmorency. L'intendante proposa enfin une partie de jeu des mots d'esprit sous les applaudissements de ses auditeurs, mais lorsqu'elle lança un appel aux candidats, personne n'osa sortir de la réserve. Elle frappa des mains en direction des danseurs un instant distraits de leurs évolutions et rencontra le même insuccès.

« Eh bien ! dit-elle, vous me mettez, mes amis, en demeure d'user de la contrainte. »

Là-dessus, elle se tourna vers le colonel de Noinville.

« Chacun sait, colonel, que les militaires n'ont point trop d'esprit. C'est chose bien naturelle, leur métier n'en a que faire, en sorte que je vous demande de ne pas faire partie de notre jeu. Mais comme un officier a l'art de se faire obéir, je vous en nomme arbitre avec, pour mission, le devoir d'imposer le respect des sentences du public érigé en juge suprême dans les cas litigieux. »

De Noinville acquiesça en grimaçant.

« Jean-Marie, poursuivit-elle en se tournant vers son mari, vous êtes des nôtres.

— Non, Blanche.

— Je l'exige.

— Je refuse, Blanche.

— Et pour quelle raison, s'il vous plaît ?

— Chacun sait bien, Blanche, que vous ne m'enrôlez de force que pour mieux me tourner en dérision en présence de nos invités.

— Vous rêvez, mon ami. Vous avez plus d'esprit qu'il n'y paraît. Je vous prends... Monsieur de Sales, nous ferez-vous l'honneur ?

— Je décline cet honneur, car je n'ai point d'esprit, madame.

— Un conseiller au parlement de Metz a forcément de l'esprit, monsieur.

— Sauf votre respect, non, madame. Un fidèle serviteur de Thémis peut en être dépourvu. Je dirai même que la froide justice s'accommode mal d'un esprit trop piquant.

— La vivacité de la repartie nous prouve votre modestie. Vous êtes de la partie. C'est un ordre. »

Mme de Saint-Clair se tourna vers l'évêque.

« Monseigneur, vos traits d'esprit feront l'ornement de la soirée.

— Hélas ! madame, la dignité de ma fonction m'interdit de me jeter dans le tourbillon des jeux.

— Cela s'entend, monseigneur, des jeux où le hasard, la force ou la ruse font la loi. Mais un jeu qui tire sa raison d'être de l'esprit est en parfaite harmonie avec la vocation spirituelle.

— Alors, madame, si vous usez de tels arguments... »

Mme de Saint-Clair frappa une nouvelle fois dans ses mains du côté du cercle des danseurs :

« Monsieur de Tonon-Laroche, approchez, je vous prie. »

Guillaume s'excusa auprès de ses cavalières, s'approcha d'un pas gracieux, fit sa révérence.

« Nous n'attendons plus que vous pour commencer notre partie de jeu des mots d'esprit, monsieur.

— J'en ignore les conventions, madame. Au demeurant, je ne me sens pas de taille à affronter des adversaires que je devine très supérieurs. Et comme vous en êtes, alors, je dépose par avance les armes à vos pieds.

— Et je vous rappelle, madame, trancha le colonel, qu'un militaire n'a point trop d'esprit.

— Monsieur de Tonon-Laroche, reprit l'intendante, vous n'avez cessé de vous porter candidat malgré vous tout au long de la soirée. Point de faux-fuyants, je vous prie, ou je vous déclare déserteur.

— Alors, madame, je m'incline. Mais je m'incline devant la force. Plaise au Ciel que votre déception ne soit pas à la hauteur de vos illusions. »

Et le jeune officier s'installa juste en face de Mme de Saint-Clair.

« Eh bien, messieurs, poursuivit l'intendante, je déclare le jeu ouvert, et que la meilleure gagne ! Je vous rappelle nos conventions. Un joueur est mis en demeure de répondre par un mot d'esprit ou par une maxime à un terme quelconque qui lui aura été soumis par un concurrent. Il se tourne ensuite vers un autre joueur qu'il interpelle de la même manière et ainsi de suite. Le défaillant qui se montre incapable de faire preuve de bel esprit est écarté du jeu. Chaque joueur dispose de trois minutes pour répondre et, dans les cas litigieux, on peut faire appel à la sentence du public qui est notre juge souverain. Enfin, après exclusion de tous les défaillants, la dernière candidate encore en lice est déclarée reine du bel esprit. »

Le colonel tira sa montre et jeta un coup d'œil sur l'aiguille des minutes. Les convives formaient deux cercles concentriques, l'un composé de l'élite des joueurs, l'autre des spectateurs. Aminthe, qui s'était glissée dans le cercle des joueurs, en fut délogée sans ménagement. Quelques couples indifférents au bel esprit continuaient à danser. Mais pour la plupart des invités, la musique n'était plus qu'un fond sonore. Les joueurs se lancèrent des regards de défi avec le sentiment d'un face-à-face impitoyable et le colonel déclara :

« Je donne la parole à la maîtresse de céans. »

L'intendante se tourna vers son mari :

« Jean-Marie, *balourd*, qu'en pense votre bel esprit ?

— Vous voyez, Blanche, vous commencez déjà, répondit M. de Saint-Clair au bord des larmes.

— Je commence... je commence... Quelle idée ! Evidemment, que je commence. Il faut bien que quelqu'un commence.

— Non, Blanche. Je veux dire par là que vous commencez déjà à donner la comédie à mes dépens.

— Monsieur l'Intendant, fit remarquer le colonel, en tant qu'arbitre, j'ai le devoir de vous signaler que ce n'est pas là un mot d'esprit.

— Ce ne peut l'être, dit Mme de Saint-Clair, puisque ce sont ses impressions.

— Monsieur l'Intendant, reprit le colonel, il n'est pas conforme à la règle du jeu de nous faire partager vos impressions. On vous demande seulement de faire preuve de bel esprit.

— Balourd... balourd, marmonna M. de Saint-Clair, eh bien, le balourd est l'homme qui donne parfois de l'intérêt à la sottise. »

Sourire aux lèvres, les spectateurs applaudirent du bout des doigts. L'intendante elle-même acquiesça avec une expression de sollicitude. Un peu plus sûr de lui, l'intendant se tourna vers sa femme :

« Blanche, *babil*.

— Le babil, répondit-elle sans coup férir, est une forme de prodigalité encore plus odieuse que la stérilité... Monseigneur, poursuivit-elle en se tournant vers l'évêque, *ecclésiastique*.

— L'ecclésiastique, dit l'évêque avec beaucoup d'aisance, est un homme qui reçoit du Ciel la grâce dc communiquer des bienfaits à un monde dont il ne ressent point les passions. »

M. de Montmorency se tourna vers M. de Sales :

« Monsieur le Conseiller, vous qui évoluez dans les arcanes de la justice, *chicane*.

M. de Sales devint rouge d'émotion et regarda Mme de Saint-Clair avec la crainte de lui déplaire. Mais après un instant de réflexion, il arbora un sourire radieux :

« La chicane, dit-il, est une source profuse dans laquelle on ne peut puiser sans un art dont les subtilités ne sont que le partage des mauvais esprits. »

La vivacité de la repartie surprit tout le monde. M. de Sales, qui avait donné comme par miracle le meilleur de lui-même, cherchait d'un regard plein de vanité une lueur d'admiration dans les yeux de Mme de Saint-Clair. Mais des préoccupations d'ordre stratégique agitaient l'intendante. Elle méditait un plan destiné à éliminer tous ses concurrents, à l'exception de Guillaume, qu'elle se réservait pour l'estocade finale. Quant à M. de Sales, il regardait tour à tour Guillaume et l'intendante. Il était partagé entre son désir de s'adresser à Mme de Saint-Clair, qui le fascinait, et le désir de désarçonner dès à présent Guillaume dont la sagacité était, pensait-il, un obstacle à son ambition : se mesurer en tête à tête à l'intendante.

« Monsieur de Tonon-Laroche, dit-il... »

C'est alors que Mme de Saint-Clair l'enveloppa d'un tendre regard.

« ... Ou du moins, madame l'Intendante... oserai-je soumettre à votre talent le mot de *pudeur*.

— La pudeur, monsieur, répondit-elle avec la promptitude de l'éclair, donne un charme à la beauté et une physionomie à la vertu. »

L'élégance de la maxime avait plongé le public dans un état vaporeux de pâmoison. Les éventails se déployèrent. Mais le visage de Mme de Saint-Clair s'était durci. Elle avait décidé de passer à l'offensive en foudroyant successivement son mari, M. de Sales et M. de Montmorency.

« Jean-Marie, lança-t-elle froidement, *bêtise*.

— La bêtise, répondit l'intendant d'un air résigné, est une maladie dont on ne guérit jamais mais dont on ne souffre point.

— Fort bien, monsieur, la trouvaille est subtile, mais le mot n'était pas méchant. Soyons plus vigilante. Vous avez la parole.

— *Adultère*, Blanche, cela vous intéresse-t-il ?

— L'adultère, Jean-Marie, est une action d'autant plus cachée qu'elle n'est ignorée de personne. A mon tour : *incontinence*. »

L'intendant ne faisait plus mystère de son désir d'en finir au plus vite.

« L'incontinence, lança-t-il à la cantonade, est... est... l'incontinence est ce que vous voudrez… oui, voilà… l'incontinence est ce que vous voudrez.

— Monsieur l'Intendant, fit remarquer le colonel, cela n'a rien d'une maxime.

— Bon ! Eh bien l'incontinence c'est… Tenez, c'est comme Blanche lorsque l'envie lui vient de se prendre pour un bel esprit.

— Ou comme Jean-Marie lorsque l'envie lui vient de se prendre pour un âne, repartit l'intendante.

— Monsieur l'Intendant, dit le colonel, tout ça, ce n'est pas du bel esprit, c'est une scène de ménage.

— Soit ! Alors disons que l'incontinence est comme une fontaine qui coule, qui coule, qui coule toujours.

— Monsieur l'Intendant, c'est un peu court… et en matière de bel esprit…

— C'est bon, c'est bon, je me retire du jeu et je donne la parole à mon ami le conseiller de Sales. »

L'intendante regarda de nouveau M. de Sales avec beaucoup de tendresse.

« Madame, lui dit-il, *sagesse*.

— La sagesse… la sagesse est un état un peu triste… mais… »

Une certaine confusion s'empara de Mme de Saint-Clair. Son esprit vacilla, sa langue trébucha. Mais elle conserva son sang-froid et, après un trouble éphémère, retrouva sa sérénité coutumière.

« La sagesse est un état un peu triste, mais il est

généralement couronné du plaisir secret de s'enorgueillir des sacrifices qu'il exige. »

Dans l'assistance, l'enthousiasme était à son comble et l'encens coulait de partout. Mais, au fond d'elle-même, Mme de Saint-Clair était furieuse. Elle regardait M. de Sales d'un œil féroce avec la froide détermination de lui porter le coup de grâce pour le punir de l'avoir un instant mise en peine.

« Monsieur de Sales, *labyrinthe* !

A ce mot, le colonel se cramponna à sa montre en entamant le compte à rebours avec délectation. Le conseiller reçut le coup de plein fouet. Ce terme étrange se situait, pensait-il, à la limite des conventions. Mais il resta impassible, plongé dans ses méditations. Soudain, il se mit à rayonner et, d'une voix éclatante :

« Il est des labyrinthes où l'on se trouve parfois engagé par la raison et il est d'autant plus difficile d'en sortir qu'on en regrette la méthode. »

Les invités accueillirent le propos dans un silence de compassion. M. de Sales interrogea les regards et répéta sa maxime avec une assurance qui commençait à s'effriter. C'est alors que le colonel prit la parole pour faire savoir à M. de Sales qu'il avait le pénible devoir de l'exclure du jeu.

« Ça par exemple ! s'écria le conseiller, cette maxime n'exprime-t-elle pas la vérité ?

— Sans doute, monsieur, répondit le colonel.

— N'est-elle pas spirituelle ? piquante ?

— Certes, monsieur.

— Alors, pourquoi m'exclure ?

— Parce que cette phrase, monsieur, ne veut rien dire.

— Comment ça, rien dire ?

— Pour être plus clair, disons qu'elle n'a aucun sens.

— Aucun sens ?

— Strictement aucun, monsieur. »

M. de Sales commençait à s'emporter. Alors, avec une expression où se voyait toute la bonté de son âme, M. de Montmorency se mit en demeure de l'apaiser en le prenant doucement par le bras.

« Aucun sens... aucun sens... marmonna M. de Sales en repoussant l'évêque et en se levant. Je voudrais bien voir ça, colonel !

— Et moi aussi, je voudrais bien voir ça ! repartit de Noinville en se levant à son tour.

— Eh bien, voyez, colonel. »

Le conseiller posa sa voix et parla lentement, en déliant chacun de ses mots.

« Il est d'autant plus difficile, dis-je, de sortir d'un labyrinthe où la raison... je dis bien... la raison... vous a engagé que la méthode en est re-gret-ta-ble.

— Monsieur le Conseiller, dit l'évêque de sa voix douce, sachez faire preuve d'humilité. »

A son tour, Mme de Saint-Clair prit la parole.

« Monsieur, soyez raisonnable, même le colonel a remarqué que cette phrase n'avait aucun sens.

— Et moi, madame, je prétends qu'elle a un sens qui n'échappe qu'aux sots.

— Monsieur, soupira le colonel en s'asseyant, cette phrase est tortueuse... voilà le terme que je cherchais... "tortueux".

— Mais oui... mais oui, s'écria le conseiller en triomphant tout seul, c'est tortueux... tortueux à dessein, comme un labyrinthe. C'est là toute l'astuce. »

L'argument n'emporta la conviction de personne et, en désespoir de cause, M. de Sales en fut réduit à solliciter l'arbitrage du public. Mais aucune main ne se leva en sa faveur. Alors, la mort dans l'âme, il céda la parole à M. de Montmorency. L'évêque se tourna aussitôt vers Guillaume.

« Monsieur, lui dit-il en souriant, vous le novice, vous que votre jeune âge semble avoir jusqu'à présent écarté du jeu, pourriez-vous me dire les sentiments que vous inspire le mot de *célibataire* ? »

Guillaume baissa les yeux. Son visage s'empourpra. Il se sentit gagné par une impression de paralysie et la conscience du temps lui échappa. Mais la raison, un instant surprise, secoua le joug de la timidité. Il regarda Mme de Saint-Clair. Elle souriait avec bienveillance. Il eut alors le sentiment qu'une puissance de réflexion qui puisait sa force à une source inconnue faisait mouvoir les ressorts de son imagination :

« Je pense, monseigneur, que le célibataire est un homme que de mauvais principes éloignent de la société et que de mauvaises mœurs rapprochent du monde. »

L'instant de surprise passé, l'ovation fut générale, stimulée par l'intendante dont les applaudissements donnaient le ton. Guillaume, qui méditait la mésaventure survenue à M. de Sales, prit bien garde de ne pas se donner des airs de suffisance prématurée. Mme de Saint-Clair attendait sa question de pied ferme. Mais, contre toute attente, le jeune homme, qui brûlait pourtant du désir de lui adresser la parole, se tourna vers M. de Montmorency. Mme de Saint-Clair, qui ressentit cette désaffection comme un défi, en fut piquée au vif. Elle redoutait par-dessus tout qu'il ne mît l'évêque au défi, privilège dont elle se réservait l'exclusive jouissance.

« Monseigneur, dit Guillaume, oserai-je vous soumettre à mon tour le mot *abbesse* ?

— L'abbesse, répondit l'évêque avec la même aisance, est une femme qui doit connaître le monde pour diriger des esprits qui l'ont quitté sans le connaître.

— Monseigneur, fit Mme de Saint-Clair sous les applaudissements du public, vos traits d'esprit me rappellent les *Maximes* de Monsieur de La Rochefoucauld par la force, et les *Caractères* de Monsieur de La Bruyère par la saveur.

— Je ne puis usurper un compliment qui vous est dû, madame. Chacun de vos mots d'esprit a sa place dans un écrin. Les termes les plus abstraits stimulent votre verve. Prenons un exemple : *absence*.

— Soit ! Disons que l'absence rend à l'amour ce que l'habitude lui a fait perdre. »

L'intendante sentit que M. de Montmorency était en cet instant d'autant plus vulnérable qu'il se sentait porté par la faveur du public. Elle l'endormit sous des airs d'innocence, fit l'éloge de sa vivacité et lui soumit sans protocole un mot qu'elle avait malicieusement choisi des plus simples.

« Monseigneur, *curé*.

— Le curé, madame, est un pasteur aussi borné que son troupeau. »

Un silence, seulement rompu par les applaudissements d'Aminthe, accueillit le propos. L'intendante fixait le plafond d'un air distrait et chacun affectait d'être ailleurs. M. de Montmorency, qui ne comprenait pas les raisons de ce silence, répéta, en pesant chacun de ses mots :

« Je dis bien, le curé est un pasteur aussi borné que son troupeau. »

Après quoi, sans se départir de son sourire candide, il demanda à Mme de Saint-Clair ce qu'elle en pensait. Mais cette dernière, dont le regard semblait toujours perdu en l'air, affecta de n'avoir rien entendu. A son tour, l'évêque leva la tête et se mit à chercher là-haut ce qui pouvait si fort intriguer sa partenaire. Alors, le colonel fit mine de prendre son courage à deux mains et s'adressa à M. de Montmorency avec une confusion de façade :

« Monseigneur... j'ai le cruel devoir de vous conseiller... de vous proposer... respectueusement... de bien vouloir vous retirer du jeu.

— Mais ! colonel, vous n'y songez pas, ma maxime a un sens.

— Oui... oui... monseigneur.
— Alors '
— Alors, voilà. C'est l'esprit qui manque. »
Le colonel proposa de s'en remettre à l'arbitrage du public mais, après un moment de stupeur, M. de Montmorency accepta de se retirer avec beaucoup d'humilité et céda la parole à Mme de Saint-Clair qui, disait-il, restait l'ornement spirituel de la soirée.

A ces mots, l'intendante redescendit du plafond et, sans même se donner la peine de remercier l'évêque, regarda Guillaume droit dans les yeux en lui lançant, avec des accents de défi :
« Et maintenant, à nous deux, monsieur de Tonon-Laroche ! »

Chapitre huit

Guillaume se sentait tenaillé par l'angoisse et chacun pensait que Mme de Saint-Clair le ferait ployer en l'espace d'une repartie. Lui-même en était persuadé.

« Que pensez-vous de *galanterie*, monsieur ? » demanda-t-elle.

Or, c'est précisément parce qu'il était résigné et qu'il avait le sentiment d'avoir déjà perdu la partie que Guillaume trouva la force de persévérer.

« La galanterie, répondit-il, prouve quelquefois mieux l'amour que les plus beaux serments, mais elle n'en tient pas lieu. »

La formule, il le savait, n'était ni très heureuse ni très brillante. Mais l'intendante acquiesça et Guillaume lui demanda d'une voix timide ce qu'évoquait pour elle le terme de *plaisir*. Elle exprima tout aussitôt sa pensée à travers un raccourci vigoureux :

« Le plaisir est, dit-elle, l'image fidèle de l'éclair qui précède l'orage. »

Sous les applaudissements renouvelés, Mme de Saint-Clair proposa à Guillaume de disserter sur le mot *volage*.

« L'homme volage, fit Guillaume après une courte réflexion, est un amant qui supplée aux qualités par des agréments et à la rupture par l'incontinence. »

Le trait d'esprit déchaîna l'ovation et l'intendante, elle-même, crut bon d'exprimer son admiration avec exubérance.

« Madame l'Intendante, demanda Guillaume, il me serait agréable de savoir ce que vous pensez de *l'amour*.

— L'amour, répondit Mme de Saint-Clair, que la question portait aux nues, l'amour est un art inspiré par la nature et perfectionné par l'esprit. »

Accablée de compliments, elle se lança dans la surenchère en ajoutant :

« C'est le sentiment le plus doux ou le plus funeste et, lorsqu'il n'est ni l'un ni l'autre, il n'est plus digne de ce nom... Mon jeune ami, poursuivit-elle sous un concert croissant d'éloges, puisque vous venez de me parler d'amour, je préfère, quant à moi, vous parler de *volupté*. »

Guillaume avait retrouvé toutes ses aises. Maître de ses pensées, il avait compris que le succès dépendait moins de la réflexion profonde que de la recherche d'une formule superficielle mais brillante.

« La volupté, dit-il, naît des combinaisons les plus parfaites et des rapprochements les plus doux... mais l'art de la fixer nous est encore inconnu... C'est la pierre philosophale dans le rapport des sens et des plaisirs. »

Cette fois, l'enthousiasme se transforma en

délire. Les instrumentistes posèrent leurs instruments tandis que les derniers danseurs se glissaient dans le public. Les éventails avaient cessé de fendre l'air et le face-à-face avait pris une dimension théâtrale. Chacun retenait son souffle. Tous les regards convergeaient vers les deux combattants et, dans un bel ensemble orchestré par le rythme des questions et des réponses, les têtes se tournaient tantôt vers l'un, tantôt vers l'autre. Mme de Saint-Clair réalisait d'ailleurs que la partie ne serait peut-être pas aussi facile qu'elle l'avait cru et qu'il lui faudrait croiser le fer avec un adversaire à sa mesure. Imperturbable, Guillaume reprit la parole avec des accents d'audace dont il fut le premier surpris :

« De la volupté passons, le voulez-vous, madame l'Intendante, à la *sensualité*.

— Voilà qui me plaît, monsieur ! L'amant sensuel est un homme qui épuise ses sens dans de petites jouissances sans jamais effleurer la haute sphère des grands plaisirs... C'est votre sensualité qui me dicte le mot *charnel*.

— Le charnel évoque un rapprochement dont la douceur est éphémère si l'amour ne vient pas à son secours... Franchissons un palier et, du charnel, versons, madame, dans la *perversité*.

— Votre témérité m'enchante de plus en plus, monsieur ! La perversité... la perversité est à l'âme ce que la gangrène est au corps, mais loin de tuer ceux qu'elle dévore, elle donne parfois une raison d'être à leur existence... Mais il me semble, mon ami, que nous baignons dans la *jouissance* ».

Guillaume réfléchit. A l'aisance succéda un sentiment de malaise soudain, comme si le succès l'avait porté sur des hauteurs qu'il n'était plus capable de défendre. Ce mot le troubla, il rougit, perdit sa belle assurance et se mit à balbutier :

« Madame... madame... la jouissance... est l'ennemie naturelle de la réflexion... mais elle finit toujours par la terrasser... oui, c'est cela... elle finit toujours par la terrasser... ou du moins, non... ce n'est pas cela. C'est mauvais... c'est même très mauvais. Madame, veuillez accepter ma reddition. Vous voilà seule en lice. Je suis désarçonné et je préfère me retirer du jeu. Vous régnez désormais en souveraine incontestée sur notre petite République des lettres.

— Monsieur, répondit l'intendante, vous n'êtes pas seulement un homme d'esprit. Je trouve aussi dans vos propos des accents de très grande noblesse. Avoir pour adversaire un gentilhomme de première extraction est un honneur, sinon un privilège. A la vérité, dans cette joute qui vient de nous opposer, je ne vois ni vainqueur ni vaincu. Je ne vois que deux combattants qui sortent grandis d'un duel sans merci mais loyal. »

Le jeu des mots d'esprit se terminait d'ordinaire dans le fracas des ovations. Mais l'émotion suscitée par la virtuosité des deux adversaires avait du mal à se dissiper. Peu à peu, les invités retrouvèrent leur sourire de circonstance et les éventails se remirent en action. Mais Mme de Saint-Clair, que la réussite éclatante de la prestation transportait de joie, ne voulait pas que l'oisiveté succédât à ce grand moment de communion spirituelle.

« Mes amis, mes amis, s'écria-t-elle en frappant dans ses mains, que la fête continue !... Allons, allons, que coulent vins et liqueurs, et vous, les musiciens, à vos instruments. »

La société, qui s'était concentrée autour du cercle des joueurs, se dispersa et les pas de danse égayèrent de nouveau le salon. Danses sages, gavottes et menuets, d'abord. Puis, les esprits s'échauffèrent et, portés par la bonne humeur, les musiciens enchaînèrent sur des forlanes et des gigues où l'intendante donna toute la mesure de sa légèreté bondissante. Des vapeurs de liqueur achevèrent de débrider l'atmosphère. Déjà, certains invités trinquaient et s'interpellaient comme des Suisses aux Porcherons, chantant, criant, se débraillant, lutinant leurs voisines avec une pétulance qui annonçait de prochaines saturnales. Mais la splendeur du décor donnait de la décence à l'orgie et M. de Montmorency veillait avec une expression de mansuétude.

Alors, Mme de Saint-Clair entonna une chanson grivoise qui, volant de bouche en bouche, fut reprise en chœur et à tue-tête par toute la compagnie. Spontanément, les mains se rejoignirent et tous les invités, de l'austère conseiller de Sales à la fille du fermier général, mais à l'exception de l'évêque, se retrouvèrent unis dans une farandole que l'intendante, qui menait la danse, fit serpenter à travers les antichambres et les couloirs du château avant de l'entraîner sur la grande pelouse du jardin. Un à un, valets, cochers, filles de service et soubrettes sortirent de l'office et, flambeau à la main, ils regardèrent l'étrange spectacle d'un œil indifférent. Terrassée par sa cadence, la farandole se disloqua enfin et s'égrena dans le parc au milieu des éclats de rire. Des petits groupes et quelques couples s'éparpillèrent alors dans les bosquets tandis que les notables se regardaient en souriant, tout étonnés de s'être laissés aller au tumulte.

L'intendant, le fermier général, le subdélégué, le conseiller, le colonel s'assirent sur la pelouse et se mirent à converser. Mais M. de Montmorency prit place dans un fauteuil d'osier. Un peu plus loin, quelques jeunes gens jouaient à colin-maillard. Guillaume se retrouva avec un bandeau sur les yeux et, avant même de commencer ses explorations à tâtons, il fut heurté par Aminthe qui, précédée par son odeur de musc, s'était jetée contre sa poitrine en disant de sa voix de perruche : « Bel officier, qui suis-je ?... qui suis-je, bel officier ? » Guillaume dénoua son bandeau, en recouvrit les yeux d'Aminthe et, la prenant par le bras, la conduisit jusqu'aux notables et l'abandonna au milieu de leur cercle de conversation. Alors, Aminthe prit la tête de l'évêque à pleines mains et, tout en la caressant, susurra : « Est-ce toi, bel officier ?... est-ce toi ? »

Quelques couples s'étaient égarés dans les parages boisés du parc de la Longeraie et, sous l'empire de la volupté, ils empiétaient déjà sur les prérogatives de Vénus. Des soupirs se firent entendre dans les ténèbres, des lèvres se rejoignirent et des mains audacieuses, transgressant tous les degrés de la titillation, s'en allèrent fourrager du côté des parties si promptes à la révolte.

Guillaume s'aventurait en solitaire du côté des bosquets lorsqu'il fut rejoint par Mme de Saint-Clair. Tous deux affectèrent la surprise. Ils marchèrent quelques instants en silence avant de s'engager dans l'une de ces allées si propices à la rêverie. Au détour du chemin, ils découvrirent, à la lueur d'un rayon de lune, un Adonis de marbre blanc sur un berceau de myrte et de jasmin. Guillaume, qui se sentait gagné par une sensation d'exquise volupté, se mit à prier pour que ce tête-à-tête donnât lieu à une conversation galante, mais il n'osa pas en prendre l'initiative. L'intendante lui ôta ce scrupule. Sur le mode badin, elle l'entretint d'abord de généralités. Elle lui demanda son âge, se récria sur son bon air et fit l'éloge de ses qualités d'homme d'esprit et de jeune homme à la mode.

« On m'a dit, poursuivit-elle, que vous aviez des assiduités à Vaudrémont.

— La présidente, répondit Guillaume, est une femme aussi noble par ses manières que par son rang. Elle me reçoit avec grâce et sans étiquette. En vérité, madame, elle me traite moins en étrangère qu'en parente affectueuse et je crois même qu'elle m'appelle son "petit cousin".

— J'en suis tout attendrie. Anne-Sophie est adorable. Ne porte-t-elle pas ses trente-cinq ans à ravir ? Elle s'en donne vingt-sept et cela ne choque personne. L'affection qu'elle vous porte ne m'étonne pas. On dit qu'elle fait... comment dirais-je ?... qu'elle fait des éducations.

— Je dirai même, madame, qu'elle porte sur son beau visage le prestige de sa condition.

— Il est vrai que ce titre de présidente brille d'un grand prestige. Mais ce prestige n'en remontre qu'aux novices. En fait, cette noblesse de robe, à laquelle elle appartient, ne se nourrit que de morgue et d'arrogance et c'est pourquoi elle ne cesse de déclamer contre les gens de cour qu'elle affecte de mépriser. Ainsi suis-je très peinée que les d'Aiglemont nous aient boudés de dépit pendant les trois mois qui ont suivi notre séjour à Versailles, au cours duquel nous avons été présentés au roi. Au fond, voyez-vous, monsieur, ces gens-là n'ont pas l'usage du monde.

— Et madame d'Aiglemont montre tant de dignité dans l'exercice de la vertu et de la charité.

— Je reconnais que la visite des pauvres et des hôpitaux, que la quête d'une rosière dans quelque hameau éloigné donnent mille prétextes à une dévote pour se faire oublier du monde en se donnant pour pure.

— De ce point de vue, la présidente est la personne la plus pure qui soit.

— C'est tellement vrai que, dès que par un extérieur d'éclat une femme est déclarée dévote, le rouge s'envole et elle peut, à sa convenance, s'affranchir de ses gens et, sous prétexte de bonnes œuvres, se rendre maîtresse de ses plaisirs.

— Et vous-même, madame, les dédaignez-vous, ces plaisirs ?

— Monsieur, il y a deux choses que je prétends concilier quoiqu'elles soient inconciliables selon toutes les apparences : le plaisir et la considération.

— Et quel subtil dosage vous permet-il de réaliser ce mariage inattendu ?

— Voyez-vous, monsieur, nous autres, les femmes de condition, nous n'avons point d'autre parti à prendre, pour attirer l'attention sur nous, que celui du bel esprit ou de la dévotion. Ce dernier parti est trop contraire à mon goût. Il n'est que le partage des femmes sans imagination qui veulent se jeter dans le monde sans oser s'y montrer au grand jour. Mais grâce au bel esprit, je puis, dès aujourd'hui, me mêler à la société, y jeter tous mes feux et accéder dans la considération à la sphère des plaisirs. »

Cette femme qui se disait ouverte au monde et aux plaisirs enflammait l'imagination de Guillaume. Il brûlait du désir de le lui dire, mais il redoutait l'une de ces dérobades indignes d'un homme à la mode. Bien malgré lui, il donna pourtant libre cours à ses sentiments.

« Il faut reconnaître, madame, dit-il d'une voix tendre, que votre bel esprit est à la hauteur de vos ambitions, et cet esprit me va droit au cœur. Je suppose d'ailleurs qu'il en touche bien d'autres. Oserai-je l'avouer, au fond, j'en suis un peu jaloux. Et puisqu'il vous faut tout dire, je nourris le secret espoir de recevoir un jour ces plaisirs en partage. »

Mme de Saint-Clair s'arrêta, baissa la tête et tapota son menton du bout de son éventail.

« Monsieur, répondit-elle, votre propos ne m'offense ni ne m'embarrasse. Je n'userai pas avec vous de cette dissimulation si ordinaire aux femmes en de pareilles circonstances. Je vous le concède, je suis sensible à vos sentiments, votre figure me plaît, j'ai de l'estime pour vous et votre esprit m'amuse. »

A ces mots, Guillaume posa sa main sur l'épaule dénudée de Mme de Saint-Clair. Il approcha son visage du sien au point de sentir son haleine brûlante couler le long de ses joues. Leurs lèvres se frôlèrent. Il allait déposer un baiser sur la bouche de l'intendante lorsque celle-ci le repoussa du bout des doigts d'un geste plein de douceur.

« Monsieur, lui dit-elle d'une voix affectueuse, j'ignore comment vous l'entendez. Sans doute ai-je vanté les mérites de Fragonard, mais il y a mille et une nuances dans l'art subtil d'emporter la citadelle. Le plaisir ne se prend point à la hussarde, comme chez les gens du peuple, ou alors, il n'est pas digne de ce nom. »

Tous deux se remirent en marche sans dire mot. Guillaume, un peu perplexe, ne savait trop s'il avait remporté une victoire ou essuyé un revers. Lorsqu'ils rejoignirent le reste de la compagnie, la grande pelouse de la Longeraie était ponctuée de robes et de falbalas autour desquels de jeunes gens formaient des cercles, discutant à voix basse. Les visages s'étaient apaisés et les passions émoussées dans les prémices de Vénus. Chacun avait dévoilé ses intentions et ses penchants. Les premiers jalons posés laissaient les âmes en paix ou lourdes de dépit.

La fraîcheur du soir avait dissipé les dernières vapeurs d'alcool. La gaieté s'était évanouie dans les espaces infinis et la sagesse retrouvée semblait descendre de la voûte étoilée en même temps que la grande sérénité de la nuit. Les notables discutaient de problèmes graves et, dans un silence que ponctuait au loin le chant des grillons, leurs voix prenaient des accents de majesté.

« Au fond, voyez-vous, disait le subdélégué, dans toute cette affaire, ce sont les avocats qui sont les plus dangereux. Ce sont des gens pleins de hargne et de haine, des docteurs en chicane. Il suffit de les voir, ce sont eux qui, dans ma subdélégation, mènent la danse, le dimanche après la messe, à l'assemblée paroissiale. Ce sont eux qui torturent nos malheureux paysans en leur extirpant de vive force ces chimères dont ils grossiront ces cahiers de doléançes dont on commence à parler.

— Et ne vous y trompez pas, Montbuisson, fit l'intendant, si ces cahiers voient le jour, ils en feront des armes qu'ils dirigeront contre nous et contre le roi.

— Des cervelles mal timbrées, s'exclama le conseiller de Sales, je vous le dis, moi, messieurs, ces avocats ont des cervelles mal timbrées. Et pour comble, la plupart de ceux qui s'acharnent contre nous ont été boursiers du roi.

— Les voilà bien, ces messieurs les bourgeois ! enchaîna le fermier général.

— Ne vous étonnez pas, fit M. de Montmorency, c'est à la vérité sous les applaudissements du public que leurs amis les philosophes sont en train de sceller le malheur du royaume. Nous ne faisons que recueillir les fruits des erreurs d'un public imprudent et beaucoup trop avide de nouveautés. Car enfin, messieurs, ce n'est pas en toute impunité que l'on porte aux nues des illuminés ou des athées adorateurs de je ne sais quel Être suprême.

— Qu'allons-nous devenir, soupira le fermier général, qu'allons-nous devenir ! Enfin... nous n'y pouvons rien. Ces choses-là nous dépassent. Je préfère ne pas y penser, car je finirais bien par en perdre la tête. »

Les propos s'espacèrent. Les derniers éclats de rire mouraient dans le lointain. Quelques paupières tombèrent, des bâillements s'échappèrent. Les invités firent avancer leur attelage. Mme de Saint-Clair recueillait les dernières impressions de la soirée. On la félicitait pour l'éclat de son bel esprit et pour la splendide ordonnance de la réception. Enfin, la plupart des convives se disaient impatients de se retrouver à la fête de la Rose.

Cependant, M. de Sales, qui avait vu l'intendante et Guillaume s'enfoncer dans les bois d'un côté pour en ressortir d'un autre, se dirigea vers le jeune officier, le prit par le bras et le conduisit un peu à l'écart, sous l'œil vigilant d'Aminthe qui ne cessait d'épier Guillaume.

« Dites-moi, mon jeune ami, chuchota-t-il, je vais peut-être vous paraître indiscret... mais.. mais je voudrais vous donner un conseil d'ami...

— Je vois, interrompit Guillaume, je vois, monsieur le Conseiller. Mme de Saint-Clair est une femme aux attraits piquants et vous comprenez fort bien qu'un homme à la mode y soit sensible. Mais son mari, en dépit d'une belle indifférence de façade, est sujet à des accès de jalousie rentrée qui risquent de se déchaîner avec d'autant plus de violence qu'ils auront été longuement contenus. Et l'ombrage que son humeur chagrine pourrait porter à mon tableau d'avancement vous plonge dans une affliction très sincère. Aussi me recommandez-vous d'éviter la compagnie de l'intendante... Je vous sais gré, monsieur, conclut Guillaume, de ce conseil d'ami et de tout l'intérêt que vous portez à mes affaires, et je vous prie de bien vouloir accepter l'hommage de votre serviteur dévoué.

— Ça par exemple ! s'exclama le conseiller stupéfait, Tonon-Laroche, vous êtes une véritable pythie. »

Dans le même temps, Mme de Saint-Clair se dirigeait vers l'office où elle fit signe à Nicolas Blondeau.

— Dites-moi, mon ami, lui dit-elle avec de grands airs de mystère, je vais peut-être vous étonner, mais je pense que nous avons des intérêts en commun. Venez me voir demain à la Longeraie. En attendant, tenez ceci et soyez discret. »

Et l'intendante glissa deux écus dans la main de Nicolas.

Suivi de loin par son valet, Guillaume chevauchait lentement sur la route de *l'Oie qui pense*. Il respirait à pleins poumons le bonheur de vivre et l'air vif des grands chemins. Dans sa randonnée, la lune, seule, semblait l'accompagner par-delà la cime des grands arbres. Une douce fatigue commençait à engourdir ses membres lorsqu'il se souvint qu'il dînait, le soir même, avec la présidente d'Aiglemont.

Chapitre neuf

« Il est sept heures, monsieur l'officier », cria Céline en frappant à la porte de la chambre de Guillaume. L'officier s'élança d'un bond hors de son lit et se précipita vers la cruche et la cuvette. Quatre heures de sommeil l'avaient ragaillardi. Vingt minutes plus tard, il affichait sa silhouette fringante dans les couloirs de l'auberge. Il rencontra Céline. Tous deux s'immobilisèrent, face à face, comme au premier jour. La grisette baissa les yeux pour mettre le rouge qui lui colorait le visage à l'abri de sa chevelure. Guillaume écarta avec délicatesse les cheveux qui cachaient son front.

« Monsieur l'officier, oh ! monsieur l'officier », murmura-t-elle en fuyant son interlocuteur du regard.

« Fichtre de fichtre ! se dit le jeune homme, toutes ces merveilles de femmes ont l'art de me mettre en appétit mais aucune d'elles ne me fera la charité d'apaiser ma faim. »

Cette fois, des éclairs de lubricité sillonnèrent les pensées de Guillaume et sa voix s'enroua en plongeant dans le grave.

« Céline, Céline, Céline... » soupira-t-il en pressant le visage de la fillette entre ses mains. Alors, il s'en fallut de peu qu'il ne la fît basculer contre le mur, jupe troussée de gré ou de force, pour besogner la pièce à la sauvette. Mais les réactions imprévues de Céline, la surprise d'une présence incongrue et les désagréments de l'éclat impressionnèrent son imagination au point de le contraindre à la retraite.

« Céline, dit-il, tu me rendras fou, m'entends-tu ? Tu me rends déjà complètement fou. Je veux couvrir ton corps de baisers... je le veux... je le veux. »

Céline répondit en balbutiant quelques mots incohérents tant elle avait bonne envie de céder.

« Céline, consacre-moi un quart d'heure... juste un petit quart d'heure de conversation car j'ai force choses à te dire.

— Hé ! monsieur Guillaume, ma sœur et mes parents ne me quittent guère de la journée et de la nuit. »

Guillaume redoubla d'instances.

« Eh bien, soit, monsieur, voyons-nous dimanche, au sortir de la messe à neuf heures, dans le cloître de l'abbaye Saint-Vincent. »

Lorsque Guillaume se présenta, vers sept heures du soir, au château de Vaudrémont, la présidente était en grande conversation avec le docteur Leduc. La petite Lisette leur apporta des rafraîchissements et son regard, qu'illuminait un joli sourire, croisa celui de l'officier. Au même instant, un ami du président, maître Théron, vint rendre visite au malade et Mme d'Aiglemont l'accompagna à son chevet. Lorsqu'elle fut de retour, elle questionna le docteur Leduc sur la santé de son époux.

« Hélas, madame, les nouvelles ne sont pas bonnes, dit le docteur.

— Mais encore, monsieur.

— Par exemple, j'ai dû reconsidérer la distribution des saignées.

— Cela s'entend, monsieur, le malheureux est devenu trop faible pour les supporter plus longtemps.

— Non, madame, le problème est d'une autre nature.

— De quoi s'agit-il ?

— Eh bien, madame la Présidente, j'ai été contraint, par la force des choses, de supprimer la saignée du pied gauche, puisque ce dernier nous a récemment quittés, et comme le pied droit est sur le point d'en faire autant, je me vois dans l'impossibilité de le saigner lui aussi, en sorte que j'ai dû porter de deux à quatre le nombre quotidien des saignées aux bras pour en rétablir l'harmonieux équilibre et favoriser l'évacuation des humeurs malignes. Il me semble d'ailleurs que ces humeurs commencent à monter au cerveau du président, car chaque fois que je le saigne, il me répète que ce sera toujours ça en moins à sucer par les autres.

— Je vois, soupira la présidente, l'état de mon

pauvre époux ne cesse d'empirer et la médecine ne peut plus rien.

— Pas tout à fait, madame la Présidente.

— Qu'est-ce à dire ?

— La médecine peut encore faire de belles supputations. Par exemple : "Qui, de M. le président d'Aiglemont ou de sa jambe droite, partira le premier ?" Voilà une splendide question de doctorat et je compte la soumettre très prochainement à l'un de mes écoliers candidat au bonnet. Pour en revenir au malade, je suis d'un optimisme modéré. Je pense en effet que l'excellente constitution du président nous permettra de le conserver tout l'automne. Mais au-delà... En tout cas, madame, je puis vous rassurer sur un point : le cœur du président tient toujours bon.

— Il faut bien croire que quelque chose tient encore, monsieur, puisqu'il est toujours là. »

Dans le même temps, maître Théron s'efforçait de réconforter le président.

« Théron, mon bon Théron, disait le malade d'une voix haletante, voilà bien l'amitié... la seule... la vraie... l'amitié d'enfance. Oui, rien ne remplace un ami d'enfance... Certes, entre nous, il y a bien eu quelques méchantes petites querelles... mais au seuil du jour suprême, on s'aperçoit que cela n'a jamais vraiment existé...

— Mon cher Charles, chez deux hommes de cœur, les sentiments nobles finissent toujours par l'emporter. Au demeurant, vois-tu, j'en avais oublié jusqu'à l'existence de ces vétilles. »

Le président fit alors appel aux lumières de maître Théron, l'un des plus éminents avocats du barreau de Metz, pour parachever certains détails relatifs à sa succession. Actes notariés, terriers, baux, donations, exécuteurs testamentaires et contrats divers furent examinés à la loupe. Théron en pénétra les moindres détails, les moindres finesses, pour en conclure qu'il enviait le président car le rêve de tout homme était de mourir en laissant derrière soi une succession aussi bien réglée. Ainsi rassuré, le malade réitéra ses protestations d'amitié et les deux hommes s'accablèrent de baisers et de caresses. Sous le coup de l'émotion, Théron éclata même en sanglots.

« Vois-tu, Théron, murmura le président dans une grosse effusion où les larmes se mêlaient aux humeurs morbides, je t'aime, toi. Les autres... eux... ils me suceront le sang avant que je ne meure... Mais toi, je t'ai toujours aimé et apprécié à ta juste valeur... Je sais... je sais, Théron, tu es meilleur juriste que moi et l'un des plus brillants avocats du royaume, et tu méritais d'être au moins conseiller, sinon président de cour de parlement... Mais enfin, ce n'est quand même pas de ma faute si tu es né roturier... et je n'ai pas choisi non plus de venir au monde avec trente-six quartiers de noblesse derrière moi et des biens considérables devant... C'est la vie, quoi... Il n'y avait pas matière à se fâcher... Vois-tu, je t'ai toujours considéré comme un égal, moi... même si j'ai toujours caché aux autres que nous étions amis d'enfance. »

A ces mots, les traits de maître Théron se durcirent. Une étincelle de haine brilla dans son regard et les larmes refluèrent vers leur source. Mais la physionomie de compassion reprit très vite le dessus.

« Mon cher Charles, murmura-t-il, tout cela, c'est le passé, et voilà une éternité que le différend est vidé. »

Et les effusions redoublèrent d'intensité.

Quelques instants plus tard, maître Théron se présentait à la présidente, le visage décomposé par la douleur et les yeux inondés de larmes. Il prit place entre le docteur Leduc et Guillaume et la conversation roula sur toutes sortes de considérations relatives à la perte d'un être cher. Au bout d'un certain temps, la présidente pria maître Théron d'avoir la gentillesse de lui fournir un certain nombre de renseignements susceptibles de lui permettre de veiller au respect des dernières volontés du mourant. L'avocat accepta de bonne grâce. Tous deux se levèrent, s'excusèrent auprès de leurs hôtes d'avoir à s'absenter un moment pour évoquer des problèmes sans intérêt pour eux, et se dirigèrent vers le jardin.

En succédant à la chaleur du jour, la fraîcheur de la soirée avait libéré le parfum des fleurs. L'été commençait à jaunir les marronniers, donnant à la verdure toute la palette des demi-teintes. Une brise légère caressait le visage et faisait voltiger ces quelques feuilles brûlées qui annoncent, çà et là, les parages de l'automne tandis que, dans le lointain, des lueurs crépusculaires noyaient l'horizon dans une atmosphère cendrée.

Maître Théron et la présidente marchaient d'un pas sobre et mesuré. Enfin, cette dernière s'adressa à l'avocat :

« Vous n'êtes pas sans savoir, maître, que j'ai tout lieu de concevoir les inquiétudes les plus vives quant à mon avenir.

— Nous en sommes tous là, madame la Présidente, ne vivons-nous pas dans un monde incertain ?

— Certes, mais enfin, maître, la disparition imminente de mon époux est susceptible d'ébranler de façon considérable les fondements mêmes de mon établissement.

— Ebranler est le terme exact, madame la Présidente.

— Et que puis-je espérer, dans le meilleur ou dans le pire des cas ?

— Eh bien, madame, de par votre contrat de mariage, et puisqu'une destinée malheureuse vous a privée d'héritiers, les biens meubles et immeubles du défunt retomberont de droit, sitôt l'année de deuil écoulée, dans la mouvance des collatéraux, c'est-à-dire, par le jeu des alliances, dans la mouvance des Saint-Clair, à moins que le défunt ne vous ait, pour tout ou partie, couchée sur son testament.

— Je suis en droit d'en douter, maître. »

La présidente avait donné à son propos les inflexions d'une interrogation. Elle scruta l'avocat d'un œil inquisiteur en essayant d'arracher à son visage des éléments de réponse. En vain ! Maître Théron affichait une dignité de Romain et son regard indéchiffrable se perdait dans le lointain. Alors, elle usa d'un subterfuge.

« Supposons, maître, qu'une femme de qualité par la naissance, mais de condition modeste, ait épousé, sous le régime de la séparation, un homme nanti d'un bien considérable mais vaniteux, acariâtre, dur, égoïste, volage, ingrat et incapable de se doter d'un héritier. Qu'en adviendrait-il si le destin la condamnait au veuvage ?

— Dans ce cas, madame la Présidente, cette femme n'aurait jouissance que de l'usufruit du douaire devenu la propriété inaliénable des collatéraux. Encore la quotité en aurait-elle été fixée par le mari avec la plus grande parcimonie.

— Qu'entendez-vous par là, maître ?

— Je veux dire par là, madame la Présidente, que le mari est en droit d'en fixer la quotité au degré le plus bas prévu par la coutume de Lorraine.

— Soyez assuré, maître, que je ne cherche pas à percer les intentions de mon cher époux quant à ses dernières volontés. Mais parlons encore, le voulez-vous, de cette malheureuse veuve. Que deviendrais-je si j'étais à sa place ?

— Mettons tout cela au conditionnel. Je vous rappelle, madame, que la fidélité, l'amitié ancienne que je porte au président et le secret de ma profession ne me permettent pas de m'exprimer autrement.

— Ce sentiment vous honore, maître.

— Eh bien, dans ce cas de figure très hypothétique, vous seriez condamnée, madame, à vivre bourgeoisement.

— Bourgeoisement ?

— Et même très bourgeoisement dans un petit meublé d'une ville de votre choix.

— Mais ! s'écria la présidente dans un brutal accès de colère, mais c'est odieux !

— Je n'y suis pour rien, répondit maître Théron en écartant les bras et en s'inclinant avec respect, tel est le sens de la coutume de Lorraine... Encore n'est-ce pas tout.

— J'écoute.

— Il serait encore à souhaiter que les biens du président ne fussent point grevés de substitution.

— Et si tel était le cas ?

— Alors, madame, vous ne pourriez jouir, sous forme de rentes constituées, que de l'usufruit des sommes remboursées portées au douaire.

— C'est-à-dire ?

— C'est-à-dire à peu près rien... et pour tout dire, trois fois rien, madame.

— Est-ce tout ?

— Non, madame la Présidente.

— Alors parlez, maître, nous n'en sommes plus à cela près.

— Pour avoir droit de jouissance sur ce pécule tout à fait modeste, vous devriez, madame, respecter scrupuleusement la mémoire du défunt et porter le deuil avec une attention sans faille durant un an et un jour. J'entends : ne pas aller au spectacle ni à la promenade, ne point fréquenter le monde et, bien entendu, ne pas laisser soupçonner que vous versez même dans l'ombre de la débauche, et de ce fait, fuir la compagnie des personnes qui ne sont point de votre sexe, madame la Présidente.

— A défaut de quoi ?

— A défaut de quoi les collatéraux, c'est-à-dire vos cousins les Saint-Clair, seraient en droit d'obtenir de la justice votre renfermement dans un couvent et, par voie de conséquence, la suspension immédiate de toute jouissance sur vos droits matrimoniaux.

— Et en vertu de quelles prérogatives, s'il vous plaît ?

— En cas de défaillance de votre part ils seraient, madame, considérés comme les dépositaires exclusifs de la mémoire du défunt et nantis du devoir de la faire respecter avec l'aide de la force publique, au besoin.

— Eh bien, maître, si tel était mon cas, ma reconnaissance serait sans bornes à l'égard de l'âme charitable qui viendrait à mon secours pour me tirer d'un pareil état de détresse ou, plus encore, pour m'éviter d'y sombrer... Et cette reconnaissance s'exprimerait, au-delà des simples paroles de gratitude, par des actes concrets qui montreraient que je ne suis pas avare de mes deniers. »

A l'horizon, les lueurs crépusculaires s'étaient

éteintes dans un ultime flamboiement et le scintillement de l'étoile du berger annonçait le début de la nuit. Les premières feuilles mortes qui jonchaient l'allée des marronniers bruissaient sous les pieds des deux personnages. Maître Théron marchait en silence tandis que, dans la clarté lunaire, la présidente scrutait ses expressions avec anxiété. Après un moment de réflexion, l'avocat reprit la parole.

« Mettons les choses au pire, voulez-vous ? Si tel était le cas... je dis bien, si tel était le cas, alors, il vous faudrait, à quelque prix que ce fût, un héritier... en d'autres termes, un enfant légitime.

— Ce n'est ni le lieu ni le moment de plaisanter, maître, répondit la présidente d'une voix sèche. Mon mari n'a jamais été capable de me donner un enfant en quinze ans de mariage et ce n'est pas dans son état actuel de décomposition qu'il mettra la pièce à l'ouvrage.

— Je ne plaisante pas, madame, je n'ai jamais prétendu qu'il était nécessaire que cet enfant légitime fût de votre mari.

— Mais alors, maître, cette grossesse serait sans conteste une grossesse adultérine et les foudres de la justice se déchaîneraient contre moi avec une rigueur encore plus impitoyable.

— Grossesse adultérine ? Mais qui parle de grossesse adultérine ?

— Mettez plus de sobriété dans vos propos, maître.

— Je pèse chacun de mes mots, madame.

— Avec une jambe sous terre et l'autre qui

prend le chemin de l'y rejoindre, chacun voit bien que le président n'est pas en état de procréer quoi que ce soit.

— Chacun peut voir, madame, mais la justice n'a que faire de ces subtilités. Les jambes, les bras peuvent bien tomber, peu importe. Ce n'est pas avec une jambe que l'on fait un enfant. Il suffit que les médecins n'aient pas constaté et fait coucher sur registre la chute physique du membre viril de M. le Président pour que celui-ci soit réputé fécond aux yeux de la loi. Le dernier des avocats de moyenne envergure ne ferait qu'une bouchée de tout autre argument. A moins, madame, que vous ne donniez dans une débauche ouverte, ce qui n'est guère dans votre tempérament.

— Mais enfin, la raison finira bien par se rebeller et la vérité par l'emporter.

— La raison, la vérité, trancha maître Théron avec mépris, la justice n'en a que faire. La paix des foyers est un impératif fondamental et supérieur à de telles contingences. Elle est aux familles ce que la raison d'Etat est à la nation. Et ce n'est pas une malheureuse jambe semée en cours de route qui sera de nature à tout remettre en cause.

— J'ai peine à m'en convaincre, maître.

— Et pourtant, madame, tel est le sens de la règle *Pater est quem*. Tout enfant né dans le cadre d'une union consacrée par l'Eglise est réputé légitime, quelles que soient les présomptions d'adultère qui pèsent sur la mère. Et comme vous allez de surcroît mener l'entreprise à l'abri des regards indiscrets, notre affaire est dans le sac.

— En dépit de toutes les précautions, je connais assez les Saint-Clair pour savoir qu'ils nous jetteront mille preuves à la figure.

— Madame, en matière de naissance litigieuse la justice ne connaît que deux preuves d'adultère : l'absence du mari au moment de la conception, une absence de plusieurs années, s'entend, et la chute du membre viril. Votre avocat se fera un plaisir d'établir son système de défense là-dessus.

— Mon avocat... mon avocat, murmura la présidente d'un air songeur.

— Il va sans dire, madame la Présidente, que l'amitié ancienne qui me rapproche du président m'interdira de m'immiscer dans cette querelle de succession.

— Je n'en doute pas, maître, et cette réserve est tout à votre honneur.

— Je chargerai de la besogne l'un de mes éminents confrères du barreau de Nancy et cette affaire, que je suivrai dans ses moindres détails, sera menée avec exactitude.

— C'est ainsi que je l'entends, maître.

— Pour le moment, madame, il vous appartient donc d'ouvrir le dossier.

— Je vois bien. Mais enfin, maître, un enfant ne se fait pas à point nommé... et d'abord, il faut être deux.

— Madame ! répondit maître Théron horrifié, cela, c'est votre affaire.

— Certes, mais il me faut le temps de trouver un partenaire, et je le veux à ma convenance. Et quand bien même me le présenteriez-vous sur l'heure, la conception ne s'ensuivrait pas forcément.

— Madame, s'exclama maître Théron d'un air exaspéré, nous n'en sommes quand même pas à un mois près.

— Mais enfin, maître, il vaudrait quand même mieux que cet enfant vînt au monde dans neuf mois.

— Sans doute, mais ce n'est pas une condition absolue.

— Comment donc ?

— Il vous suffira, quoi qu'il arrive, de faire une déclaration de grossesse par-devant le lieutenant civil dans les trois semaines qui suivront le décès de monsieur le Président.

— Même s'il ne s'est rien passé ?

— Surtout s'il ne s'est rien passé. L'exécution testamentaire en sera suspendue sur-le-champ, mais il faudra plaider.

— Et si l'enfant vient au monde douze, treize ou quatorze mois après le décès de mon époux ?

— Je vous donne quinze mois et pas un jour de plus. Bien que certains parlements aient légitimé des posthumes venus au monde jusqu'à dix-sept mois après la mort de leur père, il n'est pas souhaitable d'en arriver là.

— Et passé quinze mois ?

— Passé ce délai, votre cause devient épineuse.

— Mais enfin, maître, chacun sait que les enfants se font en neuf mois.

— Madame, ni la justice ni les décrets d'Hippocrate n'ont fixé de terme préfix à l'expulsion du fœtus. Les prématurés de six mois sont légion, alors, diable ! pourquoi certains posthumes ne viendraient-ils pas au monde quinze mois après la conception ?

— Sera-ce là toute notre argumentation ?

— Non, madame, nous invoquerons plusieurs facteurs susceptibles de retarder le cours de votre grossesse. Nous ferons valoir l'extrême mobilité nerveuse et l'humidité de votre constitution physique, lesquelles choses sont des vices de constitution très fréquents chez les créatures de votre sexe, madame la Présidente. Nous dirons aussi tout le chagrin dévoré dans le silence d'un veuvage douloureux et nous montrerons que la langueur qui en résulte est propre à retarder la formation du fœtus par suspension de la nutrition. »

Maître Théron s'immobilisa. Sa silhouette trapue s'enracina au milieu de l'allée des marronniers. Dans la pénombre lunaire et dans le silence de la nuit, il leva les bras au ciel et, dans cette posture biblique, se mit à plaider en donnant à sa voix le timbre magistral des grands orateurs.

« Et puis, madame, nous dirons à vos juges : “Monsieur le Président, messieurs du parlement. Nos adversaires invoquent le caractère insolite d'une grossesse de quinze mois. Mais c'est oublier que la nature répugne à tout principe d'uniformité. Songez, messieurs, aux éléphants et aux hippopotames qui, selon le témoignage de Pline, portent deux ans durant. Des petits poussins, à l'intérieur d'œufs pondus et couvés en même temps par une même poule, ne cassent pas tous leur coque simultanément. Des graines, semées au même moment et sur le même terrain, ne germent pas toutes en même temps. Et songez aussi aux monstres... aux monstres à deux têtes... aux monstres à quatre pieds... Alors, messieurs de la Cour, au milieu d'une diversité si grande, en vertu de quel décret ose-t-on invoquer le terme immuable des neuf mois, et au nom de quel principe conteste-t-on au posthume du président d'Aiglemont le droit de venir au monde quinze mois après la mort de son père et surtout, messieurs, et j'ai honte à le dire, au nom de quel égoïsme nos adversaires osent-ils le priver de ses prérogatives légitimes, alors que, par cette prétention exorbitante, ils n'ignorent pas qu'ils font outrage à la mémoire de celui qui a élevé cette cour de parlement jusqu'aux plus hauts sommets de la majesté". »

De retour au château de Vaudrémont, la présidente s'excusa de son retard auprès de Guillaume que le docteur Leduc venait de quitter. Le jeune homme répondit que cette attente l'avait fortifié dans son désir de voir sa très chère cousine et que le plaisir de jouir de sa compagnie était la récompense de sa patience. La présidente se montra fort sensible au compliment.

Lisette apportait de nouveaux rafraîchissements lorsque :

« Anne-Sophie... Anne-Sophie... mais où êtes-vous donc passée... ce n'est pas une femme que j'ai épousée... c'est une trotteuse... »

« Eh bien, Lisette, dit la présidente, vous voyez bien que le président vous demande. Montez et occupez-vous-en. »

Lisette empruntait l'escalier lorsque la présidente l'interpella de nouveau.

— Au fait, mon enfant, vous ferez savoir au président que je suis en entretien avec mon petit cousin. »

« Ah !... Lisette, marmonna le président, c'est toi... Eh bien, heureusement que je t'ai... toi... S'il me fallait compter sur ma femme... »

Une étincelle de vie anima les yeux chassieux du malade lorsque Lisette prit place à son chevet et l'esquisse d'un sourire se dessina sur son visage glauque. Il extirpa du lit une main décharnée qui n'était plus composée que d'un amalgame hétéroclite d'ossements tordus et la tendit, toute tremblante, vers la jeune fille.

« Dis-moi, Lisette, fit-il entre deux râles, tu me laisses faire comme j'aime ?... Allez... laisse-moi faire comme j'aime... »

Lisette resta impassible, sagement assise au chevet du moribond, les yeux rivés sur le parquet. Une sorte d'écume verdâtre humectait les lèvres du président.

« Madame la Présidente, dit Lisette en guise de réponse, m'a donné ordre d'informer M. le Président qu'elle était en entretien avec son petit cousin. Ce sont ses propres termes, monsieur le Président.

— Eh !... Eh !... je me doute bien qu'elle est en compagnie de quelqu'un... Il faut toujours qu'elle soit en compagnie de quelqu'un... pourvu que ce ne soit pas moi... la garce !... »

Le président se tut un instant, comme pour se reposer d'un effort, puis, l'œil luisant :

« Dis-moi, Lisette... tu me laisses faire comme j'aime ? »

Mais Lisette resta de marbre. Le président reprit la parole :

« Ah... oui, j'allais oublier... c'est d'accord, prends-le dans ma cassette, ton écu... et laisse-moi faire comme j'aime...

— Monsieur le Président, répondit Lisette de sa voix douce, c'est deux écus que je veux, maintenant.

— Quoi ! deux écus pour trois fois rien.

— Eh bien, monsieur le Président, puisque c'est trois fois rien, ne faisons rien.

— Malicieuse... et pillarde comme un fermier général, la coquine !... Tu sais bien me faire marcher, toi... Dans d'autres circonstances, tu te ferais fustiger toute nue en place publique pour trois pistoles... Eh bien prends-les, tes deux écus, tu as raison de profiter, ça ne durera pas... Et puis, je n'en suis plus à ça près, puisque de toutes les façons, ils me suceront tous le sang avant que je ne meure... Et maintenant, laisse-moi te faire comme j'aime... »

Lisette resta impassible.

« Alors... Lisette, tu me laisses faire comme j'aime ?

— Monsieur le Président, j'ai quelque chose d'autre à vous demander avant de vous laisser faire.

— Et que peux-tu bien me demander ? »

Lisette se pencha sur le président et chuchota trois mots. Le malade sursauta :

« Ah !... Ah !... s'écria-t-il en perdant haleine... ça... tu veux ça... tu veux être la... ce n'est pas possible, dis-moi que je rêve... Eh bien c'est bon, je dirai que tel est mon bon vouloir et tu seras la... »

Chapitre dix

La châtelaine de Vaudrémont respira profondément en clignant les yeux. Sa poitrine à moitié découverte prit de l'amplitude. Elle leva son verre en souriant et but à la santé de Guillaume après avoir fait l'éloge de son bon air et de ses bonnes manières.

La salle à manger était plongée dans une obscurité profonde au-delà de la sphère éclairée par trois bougies posées sur la table. L'atmosphère était intime. Le moindre geste, la moindre parole faisaient vaciller les trois flammèches qui donnaient alors aux ombres des contours mouvants.

Guillaume, que ni l'alcool ni le joli visage de la présidente n'avaient réussi à tirer de sa réserve naturelle, parlait avec politesse mais sans conviction. Il avait, dans son enfance, disait-il, reçu une éducation conforme aux conventions en usage dans la bonne société. On l'avait confié à un précepteur qui était chargé de lui apprendre un latin dont il n'avait pas retenu trois mots. On le mit ensuite entre les mains d'un éducateur qui ignorait tout des bonnes manières qu'il aurait dû lui enseigner.

A ces mots, la présidente fit remarquer à son interlocuteur que sa distinction et son bel esprit provenaient bien de ces vertus innées qui sont le partage des gens de condition.

Les seules bribes de savoir, il les devait, ajouta-t-il, à sa formation d'officier...

La présidente regardait son cousin avec un sourire de tendresse et, de son côté, Guillaume affichait une bonne mine de circonstance. Cette femme était belle, pensait-il, mais encore sous l'emprise conquérante de l'intendante, il trouvait son genre de beauté un peu froid. Au fond, la sagesse restait le meilleur parti, car il redoutait par-dessus tout que ces préludes voluptueux qui embrasent les sens sans éteindre l'incendie ne le mettent dans une vaine combustion. Il lui suffisait que le spectacle exquis d'une poitrine savamment débraillée et un joli sourire fissent brûler la mèche avec modération pour qu'il se sentît à son aise dans cette douce quiétude qui berce l'âme sans éveiller la chair.

« Lorsque j'ai pris mes quartiers à Metz, poursuivait-il, mes camarades ont voulu m'éprouver selon l'usage. Ils convinrent qu'un sous-lieutenant de fortune me chercherait une mauvaise querelle. La cabale fut montée dans une taverne et l'affaire se termina hors les portes de la ville. Dieu soit loué, madame ! les blessures ne furent pas graves et le major nous signifia les arrêts forcés moins pour nous punir que pour nous donner le temps de guérir. »

La présidente versa du vin et, clignant de nouveau les yeux, elle leva son verre pour célébrer, dit-elle, « notre amitié tendre et profonde ». Guillaume se persuada que ce propos n'était que l'expression de la plus chaste affection familiale. Il se souvint de la réputation de dévotion dont jouissait la présidente et l'accabla d'éloges sur sa piété.

Il admirait, il enviait, disait-il, les sacrifices qu'elle consentait à Dieu alors que, par la finesse de son joli visage, elle semblait faite pour être l'ornement du monde. Son dévouement aux bonnes mœurs, le zèle avec lequel elle sillonnait les campagnes à la recherche de ces rosières qui incarnent encore les vertus les plus pures de nos campagnes, avaient été évoqués, la veille même, chez l'intendante, sous les applaudissements du public. Enfin, cet autre sacrifice que lui imposait la douloureuse maladie du président et la dignité avec laquelle elle s'affranchissait de ses devoirs d'épouse avaient de même forcé l'admiration de tous.

Ainsi, Guillaume mit tant de grâce et de gentillesse dans son propos que son discours eut l'air flatteur sans paraître hypocrite. Un rouge tendre colora les joues de la présidente. Elle baissa les yeux, mais lorsqu'elle les releva, ils scintillaient de malice. Elle murmura :

« Petit cousin... »

Or, au même instant :

« Anne-Sophie... Anne-Sophie.. Venez tout de suite, c'est un ordre. »

La présidente se leva et, d'un geste sec, tira sur le cordon de l'office. Lisette se présenta.

« Lisette, dit la présidente, veuillez vous occuper du président.
— Ce n'est pas possible, madame.
— Et pourquoi donc ?
— Parce que j'en viens.
— Eh bien, retournez-y.
— Mais, j'ai laissé M. le Président dans un état de grande fatigue et j'ai peur que…
— Il n'en est plus à ça près. Montez. »

La présidente retrouva ses esprits après avoir vidé son verre de vin. Alors, d'une voix affectueuse, elle murmura :

« Petit cousin, combien votre fin minois a-t-il brisé de cœurs depuis votre arrivée dans notre ville ? »

Guillaume se récria avec modestie sur ce pluriel en proclamant que le métier des armes absorbait le plus clair de son temps.

« Allons, un jeune homme à la mode se déshonorerait s'il restait plus de quinze jours sans donner, de ce côté-là, une bonne mesure de ses talents. On m'a dit, à ma toilette du matin, que vous aviez été hier le phénix des beaux esprits. Ne prétendez pas que vous n'en avez pas profité pour glaner quelques lauriers moins spirituels.
— Il est vrai, madame, que j'ai eu le privilège de conclure le jeu dans un affrontement singulier avec Mme de Saint-Clair. Le duel fut prodigieux, mais j'ai dû le céder à Mme l'Intendante sur le chapitre du bel esprit. »

Le sentiment d'admiration que Guillaume éprouvait pour Mme de Saint-Clair n'était que trop visible. La présidente garda bonne contenance :

« Mon amie et cousine Blanche est une femme charmante, dit-elle en souriant.

— Il est vrai que son charme n'a d'égal que son bel esprit », fit Guillaume d'un air songeur.

A ces mots, un éclair de férocité illumina le regard de la présidente.

« Elle vous a sans doute parlé de son petit garçon qu'elle a mis en nourrice à la campagne.

— Je ne crois pas m'en souvenir.

— Ah ! bon. Elle en parle pourtant à tous ceux qui ne sont point d'ici. Saviez-vous que ce charmant nourrisson termine de brillantes études au collège de la Flèche ?

— Je l'ignorais.

— Notez bien que cela n'enlève rien au charme qu'on peut lui trouver.

— Certes.

— J'admets qu'elle papillote avec une célérité qu'on prendrait volontiers pour de l'éloquence. On raconte qu'elle s'y étudie de la toilette au coucher et que ses mots d'esprit sont tellement spontanés qu'elle les apprend par cœur plusieurs jours à l'avance.

— Cela lui réussit fort bien.

— Remarquez que je lui concède une teinture d'esprit, mais voyez-vous, petit cousin, je lui trouve deux imperfections.

— Elles ne m'ont guère sauté aux yeux.

— C'est qu'elle les dissimule sous un extérieur qui s'effrite à l'usage.

— Cela me semble peu croyable.

— Oui, Blanche n'en impose que dans les commencements et je me suis moi-même un instant laissé induire en erreur par ces vertus composées d'artifices mal fagotés. J'entends par là sa noblesse de façade et son papillotage.

— Noblesse de façade ! s'écria Guillaume. Les Saint-Clair sont d'ancienne extraction et je mets au défi le plus savant de nos généalogistes de leur en contester l'établissement. Ils ont même résidé à la Cour où ils ont été présentés au roi.

— Nous en savons quelque chose. Ils en ont tiré tant de vanité, qu'à leur retour ils n'ont pas daigné nous adresser la parole durant trois mois. Mais en vérité, si Blanche se proclame reine dans sa province, c'est qu'elle n'est qu'une bourgeoise à Versailles. Et puis, cette noblesse dite de cour cache toutes les misères sous sa magnificence d'emprunt. Ces gens-là trouvent indigne de travailler de leurs propres mains et croiraient mourir en dérogeant. Mais comme ils ne savent pas non plus travailler de leur tête, ils ne font rien, en sorte qu'ils ne paraissent à Versailles que pour mendier ces quelques deniers que le roi leur accorde sous forme de pension pour s'en débarrasser. La majesté de la robe se fonde au contraire sur les services que les magistrats rendent au souverain en le secondant dans sa tâche de justicier suprême.

— M. de Saint-Clair est pourtant très attentif aux affaires de sa généralité.

— Très attentif à sa galerie de tableaux, certes. Mais une fois franchi le seuil de son cabinet, ses capacités se bornent à endurer le papillotage de sa femme et les mille agaceries qu'elle lui fait subir. Pour le reste, ce tourbillon dont elle l'affole ne permet guère au pauvre homme de se rendre intéressant aux affaires du royaume.

— Mais qu'est-ce donc que le papillotage ?

— Le papillotage, petit cousin, se veut cette sémillante légèreté si propre à faire briller les femmes en société. C'est... comment dirais-je... une sorte de flux et reflux perpétuel ponctué de vapeurs et d'étourdissements. C'est encore, si vous voulez mieux, avoir le bel esprit, parler pour ne rien dire, quoi.

— Alors, je ne crois pas que Mme de Saint-Clair papillote.

— Ah ! bon. Vous la trouvez sobre, vous ?

— Je ne dis pas cela non plus.

— Je vous accorde que je ne considère pas ce papillotage comme son imperfection la plus grande. Après tout, c'est son droit d'être capricieuse, extravagante, emportée, bref ! d'avoir cette imagination mobile qui plaît aux hommes au point de les rendre fous d'une créature déraisonnable. Mais ce qu'il y a de plus grave, avec Blanche, c'est qu'elle est en amour plus sensible à la vanité de la bonne fortune qu'au plaisir. C'est un véritable emporte-pièce avec les hommes. Après vous avoir tout accordé, elle n'éprouve plus que du dédain pour vous. Oui, elle prend un amant comme un meuble d'usage, après quoi, elle le jette. Au demeurant, elle dispose à son gré de deux catégories d'amants : les actifs et les aspirants. Je vous signale que l'on peut être un actif sans avoir été aspirant mais qu'un aspirant n'a jamais la certitude de devenir actif. La masse des aspirants forme une sorte de réserve dans laquelle elle puise en cas de besoin. C'est... comment dirais-je... c'est comme un tableau d'avancement sans queue ni tête... Et pour couronner le tout, on n'est même pas sûr de trouver le plaisir avec Blanche. On raconte qu'elle vous poursuit jusque dans le lit avec ses mots d'esprit et qu'elle demande à ses amants ce qu'ils en pensent au moment même où ils arrosent le champ de la nature... Eh bien, petit cousin, que se passe-t-il ? »

Guillaume écoutait ce discours dans un état de stupeur proche de la prostration. Il mâchait ses aliments comme un automate et les avalait en s'étranglant, les yeux grands ouverts rivés sur les lèvres de la présidente.

« Petit cousin... Coucou !

— Euh !... oui... je vous écoute, madame. »

La présidente poursuivit avec une précipitation si vive que les paroles se mirent à s'entrechoquer sur ses lèvres.

« Je disais donc que rien ne pouvait décourager Blanche lorsque l'humeur lui prenait de faire son bel esprit et qu'elle en faisait jusque dans le dernier transport. Son mari a d'ailleurs si bien senti l'impossibilité de brider un tel animal qu'il ne la contraint en rien. Il la supporte comme une migraine... comme un navire qui affronte l'ouragan toutes voiles levées. En vain ! car la dissipation de Blanche ne connaît point de répit. Et par discrétion je ne parlerai ni du venin ni de la médisance qui coulent de sa bouche lorsqu'elle vous parle des autres. »

La présidente marqua un temps d'arrêt. Guillaume en profita pour reprendre haleine. Mais lorsqu'elle renoua le fil de son discours, ce fut d'une voix plus douce :

« Au fond, voyez-vous, petit cousin, je suis bien trop pénétrée du mystère de l'amour et du plaisir pour souffrir qu'on les bafoue avec tant de légèreté. J'entends au contraire qu'on les appréhende avec gravité. Je ne veux point faire un jouet ou un trophée de mon amant. Si un homme devait m'aimer, alors, je lui ferais don de moi-même dans un grand souffle d'amour. Je lui ferais don de mon corps, de mon âme, et désintéressée dans mes transports, je le serais aussi dans le cours de ma tendresse. »

Les épanchements se prolongèrent jusqu'à la fin du souper. Deux bougies expirèrent. Dans une obscurité à peine trouée par la lueur d'une petite flamme et dans le silence de la nuit, les paroles de la présidente prenaient une gravité solennelle. Guillaume s'en pénétrait. Ses sens engourdis se réveillèrent. Alors, Anne-Sophie d'Aiglemont empoigna le bougeoir et, prenant Guillaume par la main, lui dit :

« Allons, venez, petit cousin. »

Tel un enfant, Guillaume se laissa gagner par un sentiment d'abandon. Toutes les nuances qui séparent l'amitié de l'affection et l'affection de l'amour éprouvèrent sa sensibilité et secouèrent les murs de glace où il avait trouvé refuge. Les deux silhouettes se profilèrent à travers les couloirs de Vaudrémont. Sur les murs, la flamme de la bougie projetait des ombres mouvantes et fantasques. La présidente ouvrit une porte et fit entrer son cousin dans une petite pièce. Lorsqu'elle posa le bougeoir sur un trépied, Guillaume reconnut les contours d'un boudoir aux murs drapés de velours vert. La présidente s'allongea sur un sofa, le jeune homme s'agenouilla à ses pieds, et tandis qu'elle se laissait aller à cette exquise sensation d'abandon qui dispose aux plaisirs de Vénus, il prit possession de sa main et la baisa avec délicatesse. Il lui faisait ainsi sentir qu'en dépit de sa grande jeunesse, il savait respecter ces mille degrés qui précèdent l'acte et qui sont nécessaires à sa perfection, lorsque Monsieur Alexis frappa à la porte du boudoir pour annoncer la visite du colonel de Noinville.

La présidente se redressa d'un bond, raccommoda ses cheveux et sa robe et ordonna avec vivacité d'éclairer toutes les lumières du salon. Guillaume était resté immobile au pied du sofa. Elle le secoua en lui conseillant de se mettre en demeure d'affronter son colonel. Il répondit par un geste de refus.

« Pas question d'esquiver le coup, s'écria-t-elle dans un accès de colère. Le coquin était parfaitement au fait de votre présence ici. L'incongruité de sa visite ne doit rien au hasard. Vous n'avez pas intérêt à vous dérober, mon ami, et, de toute évidence, le fâcheux mérite une correction. »

Le visage dur, une lueur de colère dans l'œil, la présidente marchait d'un pas décidé en tirant Guillaume par la main et en le secouant pour venir à bout de ses réticences.

Lorsqu'ils pénétrèrent dans le salon, le colonel salua la présidente. Guillaume, qui se sentait fusillé du regard, se contenta de marmonner : « Mon colonel. » De Noinville prit la parole d'une voix embarrassée :

« Je... passais par là... tout à fait par hasard, et comme l'état de M. le Président m'inspire de très vives inquiétudes, je suis venu m'enquérir de sa santé.

— A minuit, colonel ? fit la présidente.

— Oui... Hier matin, je lui ai trouvé le teint terreux.

— Eh bien, aux dernières nouvelles, il ne serait pas dans son état le meilleur.

— Oui, enchaîna Guillaume, nous étions précisément à son chevet et, pour ma part, je lui trouve aussi un très mauvais moral. »

La présidente considéra son cousin avec un air de mépris et soudain...

« Anne-Sophie... Anne-Sophie... Ça fait une éternité que je ne vous ai pas vue à mon chevet... »

« Et de surcroît, ajouta Guillaume, il perd la mémoire. »

La présidente regarda ses interlocuteurs avec un dédain encore plus profond. Puis, ses yeux se fixèrent sur Guillaume et son expression se fit plus tendre.

« Mon cher petit cousin, lui dit-elle le sourire aux lèvres, dans quelle église peut-on entendre la messe sans craindre la rencontre d'aucun fâcheux ? »

La question frappa Guillaume et l'aplomb avec lequel la présidente maîtrisait son cynisme exerça sur lui un effet de séduction immédiat. Blessé par son mépris, il domina ses craintes et mit tout en œuvre pour se racheter à ses yeux. Alors, en un éclair, il imagina un étrange stratagème où sa rouerie novice le disputerait à son imprudence juvénile. Le souvenir de Céline effleura son esprit et lui dicta sa réponse.

« A l'église Saint-Vincent, chère cousine, on dit que la messe est fort courue.

— Eh bien, petit cousin, j'y serai ce dimanche à l'office de onze heures.

— Voilà qui est fort bien, mon gaillard, enchaîna le colonel en posant sa main sur l'épaule de son lieutenant. En attendant, l'exercice commence demain de bonne heure. Allons, il est grand temps d'aller se coucher. »

Au fond de lui-même, Guillaume se félicitait de l'art subtil avec lequel il avait donné deux rendez-vous au même endroit et à une heure d'intervalle. Cette ingénieuse combinaison qui confronterait à la suite l'une de l'autre une femme du plus haut rang à une grisette sans importance le comblait d'aise. Mais cette nuit-là, le démon de la chair ne lâcha prise qu'aux premières lueurs de l'aube.

Chapitre onze

L'église Saint-Vincent se trouvait, à quelques lieues de Montigny, dans les proches faubourgs de Metz. Guillaume se promenait dans les ruines d'un cloître qui la jouxtait en contemplant d'un œil rêveur quelques vieilles pierres tombales qu'un lierre vétuste et profus chevillait à terre.

Dix heures sonnèrent. Soudain, il vit venir à lui la charmante Céline. Les yeux baissés, elle était fraîche comme une rose et timide comme l'innocence. Il courut vers elle, la prit par le bras et l'entraîna vers une chapelle désaffectée qu'il avait repérée peu avant. Ils commencèrent par se prodiguer toutes sortes de caresses et de tendres baisers. Cependant, les audaces de Guillaume annoncèrent bientôt qu'il n'entendait pas s'attarder sur de modestes préliminaires. Mais Céline se dérobait avec une délicatesse qui la rendait encore plus désirable.

Alors Guillaume s'agenouilla à ses pieds et, les mains jointes, il se lança dans un discours débordant de soupirs amoureux et de traits lascifs. Il proclama la vivacité de sa passion et l'anéantissement profond dans lequel il expirait, bouleversé par le spectacle d'une petite nymphe aux appas inaccessibles et secrets. Une incroyable sagesse suspendait, disait-il, l'explosion de ces flammes dont il se sentait embrasé au fond de lui-même. Mais la foudre du plaisir ne tarderait pas à le frapper. Alors, faute de pouvoir exprimer sa tendresse, il mourrait, terrassé par l'amour inassouvi.

Céline le regardait, stupéfaite. La force de son discours avait brisé sa capacité de résistance. Guillaume comprit que ses grands airs de détresse avaient porté leurs fruits et qu'il ne lui restait plus qu'à cueillir la jeune fille dans un état de grande évaporation. Il jeta quelques coups d'œil discrets autour de lui et, d'un geste plein de doigté, la mit en demeure de recevoir le présent de Vénus. Il se mettait à son tour en état de lui en faire l'offrande lorsque Céline éclata en sanglots.

Ce ne furent point de ces sanglots discrets qui accompagnent en général le sacrifice d'un tendre pucelage et, moins encore, de ces soupirs vaporeux dans lesquels tant de coquettes se complaisent. Ce fut, au contraire, une effusion dramatique ponctuée de clameurs propres à ameuter le voisinage et à tirer du recueillement les fidèles qui, non loin de là, assistaient à la messe. Céline hurlait son amour pour Guillaume. La première imprudence, criait-elle en s'arrachant les cheveux, dispose les jeunes filles à tout accepter et les précipite à tout jamais dans l'enfer de la luxure et le gouffre de la perdition. Elle n'était guère disposée au péché, précisait-elle d'une voix encore plus stridente, mais l'amour sans issue que Guillaume lui inspirait la plongeait dans de si violents transports de désespoir qu'elle en perdait la tête. C'était encore un grand malheur, à ses yeux, que la roture et la noblesse fussent séparées par le fossé des conventions et que, dans un monde si cruellement policé, ils dussent se contenter d'une liaison réprouvée par les bonnes mœurs et par la religion.

Et tandis que Céline se débattait dans sa douleur, Guillaume tentait de raccommoder sa mise que les prémices de l'amour avaient jetée dans le plus grand désordre. Mais il ne parvenait pas à remettre en place ce dessous de satin rose qu'il avait ôté au seuil de la volupté et dont il ne savait plus que faire. En désespoir de cause, il le glissa sous son justaucorps. Il redoutait par-dessus tout que des témoins, alertés par l'éclat, ne vissent la furie ainsi débraillée et que sa réputation d'officier en fût à jamais ternie. Il aurait voulu fuir, apaiser sa petite compagne, la contraindre, la souffleter. Fuir, pensait-il, était de la lâcheté, mais rester, de la témérité, en sorte que ne sachant trop que faire, il ne fit rien. Fort heureusement, la tourmente s'apaisa d'elle-même, ne laissant derrière elle que quelques sanglots sans importance.

Guillaume essuya les larmes qui inondaient les joues de la fillette et la consola de son mieux en lui parlant à voix basse. Bercée par tant de bonnes paroles, le visage serein, les yeux mi-clos, la tête posée sur l'épaule du jeune officier, Céline éprouvait maintenant un tel sentiment de bien-être qu'elle ne songeait plus à partir. Elle était sur le point de s'assoupir lorsque le clocher annonça la messe de onze heures. Alors Guillaume la contraignit avec vivacité en protestant de ses bonnes intentions. Il craignait, disait-il, qu'une trop longue absence ne finisse par porter ombrage à la bonne réputation de sa « petite sœur ». Ainsi s'en alla la fille de l'aubergiste. Restait la présidente.

Guillaume pénétra dans l'église un peu avant le début de la messe. Lorsqu'il plongea les doigts dans le bénitier, le dessous rose de Céline, qu'il avait oublié sous son justaucorps, glissa à terre. Une vieille bigote, qui passait par là, lui fit remarquer, en le foudroyant du regard, qu'il venait de perdre quelque chose. Il ramassa le dessous d'un geste leste et le glissa sous un prie-Dieu.

La présidente était déjà agenouillée, au deuxième rang, dans une attitude où se lisait la profondeur de sa piété. Son beau visage reposait sur ses mains jointes avec une expression si tendre que Guillaume, poussé par une force irrésistible, aurait pris la liberté d'y déposer un baiser si la sainteté du lieu n'avait modéré la puissance de ce transport. D'un pas grave, le port altier, superbe dans son uniforme blanc des dragons, il s'avança vers cette femme que le plus noble des sentiments plongeait dans un état de total abandon. Il était sur le point d'effleurer son épaule du bout des doigts lorsqu'une voix enfantine troua dans l'aigu le silence de la nef :

« Monsieur le soldat ! Oh ! monsieur le soldat ! Tu as perdu ton petit dessous... tu as perdu ton petit dessous, monsieur le soldat. »

Guillaume fit demi-tour d'un geste qui avait la fulgurance de l'éclair. La mine déconfite, il s'en fallut de peu qu'il ne tombât en syncope. Une adorable fillette de cinq ou six ans lui souriait de ses joues bien pleines et trouées d'une fossette en lui tendant, de sa petite main potelée, le dessous rose de Céline. Il s'en empara et le dissimula avec vivacité sous son justaucorps.

Fort heureusement, la présidente était beaucoup trop absorbée par ses méditations. L'éclat lui avait échappé. Guillaume effleura son épaule. Elle se retourna et, d'une expression où se lisait la passion mystique et l'affection familiale, lui fit signe de s'agenouiller à ses côtés. La messe commença, mais Guillaume l'écouta sans grand profit pour son âme.

Après l'office, tous deux allèrent en promenade dans les environs champêtres de l'église. Ils marchèrent un certain temps en silence. Enfin, la présidente prit la parole d'une voix grave :

« Mon attitude, avant-hier soir, vous a peut-être surpris. Mais comprenez-moi bien, Guillaume. Je garderai toujours avec amertume le souvenir de mes prétendants, tous plus beaux les uns que les autres et d'un âge proportionné au mien. Il appartenait au président de l'emporter sur ses rivaux grâce au choix de mes parents que les promesses d'un établissement considérable avaient séduits.

— Et pourquoi, madame la Présidente, n'avoir pas invoqué vos sentiments ?

— J'avais treize ans, Guillaume, et je sortais du

couvent alors que je n'étais pas encore sortie de l'enfance. L'on ne me supposait rien dans le cœur qui pût s'opposer à ce choix. Et pourtant, le spectacle du président m'avait horrifiée. Ce grand âge, ce visage fripé de vieux libertin usé par les plaisirs, ce grand nez qui rejoignait amoureusement le menton, ce regard étrange, ces yeux si mal assortis que l'on eût dit que chacun d'eux regardait à l'opposé deux choses différentes à la fois, tout cela me répugnait. Encore étais-je trop innocente pour savoir l'abîme de turpitude d'où sortait cet homme pour me cueillir dans la candeur de l'enfance. »

Guillaume regardait la présidente avec compassion. L'éclat du soleil se reflétait dans son regard et, en s'y mêlant à sa détresse, il donnait à ses grands yeux une dignité poignante.

« Madame, dit-il, cela n'est pas vrai, cela ne se peut. Cela est un outrage à la nature. Il fallait se rebeller.

— Ai-je été seulement consultée ? Ce sont les conventions qui, dans notre monde, régentent ces sortes de mariages. Ainsi, dès notre première entrevue, nous nous trouvâmes liés.

— Votre mari, au moins, était-il conscient de votre sacrifice ?

— Mon mari, Guillaume, répondit la présidente, ne s'est jamais aperçu de rien. Il croyait, au contraire, percevoir dans ma tristesse cette joie mêlée d'émotion qui précède le changement d'état et le moment où l'on va devenir une grande dame. Et de fait, à l'âge de treize ans, j'étais déjà

Madame la Présidente. Alors, au milieu de la magnificence des apprêts qui entourent ces sortes de sacrifices, on voulait que je fusse grisée par la séduction de l'instant, comblée de me voir soustraite à la férule des religieuses pour me voir élevée sur un piédestal, ravie par je ne sais quelle chimère… »

Et tandis que la présidente ressassait ses aigreurs, Guillaume la guidait, sans qu'elle s'en rendît compte, du côté de la chapelle abandonnée.

« C'est ainsi que je me laissai traîner au pied de l'autel dans un état d'impuissance douloureuse. Au milieu de l'allégresse générale, mon cœur demeurait muet, insensible, glacé. Voyez-vous, Guillaume, cette glace, depuis, n'a pas fondu, et c'est cela dont je souffre le plus. Au fond de moi-même, j'ai comme l'impression que mon cœur est resté inaccessible aux sentiments humains parce que personne ne me les a jamais donnés en partage. Je ne vois partout que le calcul et le jeu et, à l'image de ceux qui m'entourent, je sais que je ne répands moi-même que glace et artifice. Comprenez-vous mieux, maintenant, le sens de ma souffrance ? Comprenez-vous pourquoi ma piété et ma sagesse n'ont jamais été qu'un voile derrière lequel je me suis retranchée pour cacher mon amertume et mes répugnances ?

— Madame la Présidente, répondit Guillaume les larmes aux yeux, je suis touché d'avoir été choisi pour confident de votre détresse secrète, et peut-être en suis-je même un peu étonné.

— N'en soyez pas étonné, petit cousin. J'ai vécu pendant quatorze ans avec mon mari dans une union qui passait pour tranquille et j'ai moi-même fini par croire qu'un état d'indolence n'était pas la pire des choses. Je dispose à mon gré d'un bien considérable et tout ce que la magnificence a de recherché m'environne. Dans tout cela, j'ai voulu donner un sens à ma vie et j'ai choisi de me rendre illustre par la dévotion pour ne pas agacer mon entourage par mon bel esprit. Mais il vous appartenait de me tirer de cette illusion car depuis que je vous ai vu, Guillaume, un penchant invincible m'entraîne vers vous et tout vacille autour de moi lorsque je pense à vous. »

A ces mots, Guillaume s'agenouilla aux pieds de la présidente. Il prit ses mains dans les siennes et les baigna de larmes. Elle le regardait avec tendresse, mais il restait muet, redoutant de se relever pour ne savoir que dire. Soudain, une idée extravagante lui traversa l'esprit. Il imagina de réitérer avec la présidente la mise en scène qui n'avait que trop bien réussi avec Céline. Anne-Sophie n'était pas de ces écervelées qui donnent un éclat tapageur à leur passion. Femme de goût, elle serait sensible à la beauté de l'élan tout en gardant son calme. Ainsi lui arracherait-il ses dernières faveurs.

Alors Guillaume proclama tout haut sa passion. Il parla d'« anéantissement total », de « flamme », de « foudre », de « petite nymphe aux appas inaccessibles et secrets », et d'« amour inassouvi ».

La présidente resta impassible, la tête haute, sans l'apparence de la moindre émotion. Mais dans son emportement, Guillaume ne se donna même pas la peine de sonder l'âme de sa compagne. Sûr de ses effets, il joignit bientôt le geste à la parole en esquissant un rapprochement qui annonçait des intentions très concrètes. La présidente le repoussa sans ménagement.

« Allons, monsieur, lui dit-elle d'une voix rude, je ne suis pas d'humeur à jouer et ce que vous me récitez là est très vulgaire. En vérité, c'est pour moi la chose la plus ordinaire et je ne me jette pas au-devant de la première passion qu'on m'exprime. Adieu, monsieur. »

Guillaume en reçut une atteinte d'autant plus furieuse que le coup était inattendu. Sans voix, dans un état proche de l'hébétude, il regarda la présidente s'en aller avec ses allures de grande dame.

Il regagna *l'Oie qui pense* avec un sentiment de dépit imprévu et sans trop comprendre ce qui lui était arrivé. Une fois à l'auberge, il redouta de se trouver de nouveau en présence de Céline. Dans sa chambre, il passa par toutes les phases du désenchantement, de l'excitation, de l'exacerbation et du désarroi. Il dévorait sa misère dans un va-et-vient incessant lorsqu'il éprouva soudain le besoin d'exprimer par écrit la force de ses sentiments. Il prit une plume et, dans le feu de la passion, griffonna à la hâte un tissu de démence, de grandiloquence et de démesure où les références mythologiques et bucoliques le disputaient aux pétulances lascives et aux vers de Racine. Et pour couronner le tout, il mit cette rhapsodie sous pli et la confia à Nicolas Blondeau avec mission de la remettre, toutes affaires cessantes, à la présidente d'Aiglemont.

Peu après, Nicolas revint porteur d'un message. La présidente le mandait sur l'heure. Guillaume se persuada que, séduite par sa lettre, cette amante étourdie s'était ravisée et que ce billet n'était que l'expression de ses premiers remords. Il enfourcha sa monture et s'élança à bride abattue en direction du château de Vaudrémont.

La présidente le reçut sans se donner la peine de lever les yeux et sans même se divertir de son ouvrage. Il prenait la parole lorsqu'elle l'interrompit :

« Vous êtes un enfant et vos impétuosités ne sont pas raisonnables. Vous m'avez vue ce matin pour me dire mille fadaises et vous m'écrivez dans l'instant qui suit pour me répéter les mêmes folies. Vous vous égarez, monsieur. Ce que vous appelez une flamme ardente n'est qu'une légère chaleur qui se dissipera bien vite. Je connais les hommes, mon cousin, ils font les plus belles promesses dans un emportement excessif, et peut-être sont-ils sincères dans l'instant, ou du moins, aussi longtemps qu'ils n'ont pas arraché des femmes l'usage qu'ils en veulent faire. Viennent les lendemains, et de toutes ces chimères, il ne reste plus rien dans leur imagination. »

Guillaume pensa que la pudeur livrait un dernier combat à la passion et qu'un reste d'émotion contraignait encore la présidente. Il se jeta à ses pieds en protestant de la sincérité de ses sentiments et en la rassurant de ses caresses.

« Il suffit, trancha la présidente. Votre insistance est du plus mauvais goût. Quoi ! le plaisir d'aimer et celui d'être aimé ne peuvent-ils vous suffire ? Je prends des risques pour vous, je vous donne un rendez-vous pour vous ouvrir mon cœur et que faites-vous ? Vous bafouez mon affection en accordant vos bonnes grâces à une petite grisette dans l'instant même qui précède notre entretien. Passons, je ferme les yeux en mettant cette maladresse sur le compte de votre jeunesse. Je m'abandonne à vous dans une effusion pleine de gravité, et comment répondez-vous à ma confiance ? Vous m'humiliez en me traitant comme cette grisette, en me demandant je ne sais quoi avec les gestes d'un comédien qui donne la mascarade sur les tréteaux, en assortissant votre discours de grossièretés qui sont un outrage au bon goût. Je vous préviens, monsieur, ne jouez pas au roué avec moi, je ne suis pas d'humeur à le souffrir. Et s'il vous plaît de le faire avec une autre, sachez du moins que vous n'en avez pas l'envergure et que, dans votre apprentissage du libertinage, vous manquez encore de ce savoir-faire qui fait le seul panache et la seule excuse de nos grands libertins. »

Cette fois, Guillaume baissa les yeux avec confusion. La présidente se dirigea vers un secrétaire, elle en ouvrit un tiroir, en retira le dessous rose de Céline et le tendit à Guillaume :

« Tenez, monsieur, lui dit-elle, vous avez perdu cela, ce matin même, au cours de votre effusion. Faites-en l'usage que vous voudrez. »

Guillaume prit le dessous sans relever la tête et le dissimula sous son justaucorps. Au même instant :

« Anne-Sophie... Anne-Sophie... mais où courez-vous donc ?... mais, ma parole, c'est un courant d'air que j'ai épousé... Venez. »

« Allons, reprit la présidente, il faut que je vaque à mes devoirs d'épouse. Adieu, monsieur. »

Guillaume était sur le point de franchir le seuil du salon lorsque, de l'escalier, la présidente lui adressa la parole d'une voix plus douce :

« Au fond, monsieur, vous n'êtes qu'un enfant. Votre jeunesse est un tort à mes yeux, mais c'est aussi un avantage. Soyez sage, si vous voulez que je le sois, et si vous êtes sincère dans vos sentiments, sachez que je le suis aussi dans les miens, et que je vous garde quand même mon affection. Adieu. »

Guillaume se triturait l'esprit en chevauchant sur le chemin du retour. Il semblait à tout jamais guéri de sa passion pour Céline mais l'entretien avec la présidente le laissait perplexe. Quelle attitude pouvait-il bien adopter envers une femme complaisante et même consentante mais qui échappait à toutes les étreintes, que vous fussiez réservé ou conquérant ? En définitive, il pensa que le meilleur parti était encore de se laisser guider par les événements dans l'attente de circonstances plus propices.

Or, la présidente, Mme de Saint-Clair et plusieurs notables se réunissaient précisément le dimanche suivant au château de Vaudrémont. Il devait y être question de l'organisation de la fête de la Rose qui, comme chaque année, se déroulerait vers la fin du mois de septembre, à la Saint-Michel. Guillaume fut invité à la réception. Il accepta de bonne grâce avec le secret espoir et la joie inavouée de voir la présidente et l'intendante s'entre-déchirer cordialement en public. Contre toute attente, elles se retrouvèrent au milieu des caresses et des protestations d'affection et se récrièrent sur le bon goût de leur mise en se faisant mille compliments. Enfin, tous les invités prirent place dans le grand salon autour d'une tasse de chocolat.

Au cours de la conversation, Guillaume se retrouva entre les deux femmes et, quoiqu'il y fût surtout question de la rosière, leurs regards disaient assez que le jeune homme était au cœur de leurs pensées secrètes. Entre deux phrases, Mme de Saint-Clair laissa échapper qu'elle passerait la nuit dans son hôtel particulier de Metz. Sa chambre, au premier étage, donnait sur la rue du Vieux-Puits. Elle dormait, précisa-t-elle en regardant Guillaume, la fenêtre grande ouverte car elle aimait l'air vivifiant des nuits d'été, et cet arbre, dont l'une des branches pénétrait jusque dans sa chambre, lui donnait le sentiment d'être au cœur de la nature.

La présidente reconnut en souriant les agréments de cet hôtel. Elle ajouta que les apparences de ce logis urbain lui rappelaient un peu les petites maisons du Bois de Boulogne ou des faubourgs de Paris dont l'usage a été introduit dans la capitale par les amants et les maris soucieux de garder des mesures et d'observer le mystère. Elles servaient encore, disait-elle, d'asiles pour ces libertins qui s'enivraient de parties fines qu'ils n'osaient commettre dans des maisons publiques ou qu'ils auraient rougi d'organiser chez eux. Là-dessus, la présidente retint Guillaume à dîner en invoquant ses liens de cousinage.

L'intendante répondit en célébrant ces randonnées lointaines et héroïques d'une présidente en quête de rosières. Mais, en définitive, elle trouvait fort étrange que ces rosières fussent toujours choisies parmi les villageoises du voisinage le plus proche. Enfin, Mme de Saint-Clair proposa à la société une partie de jeu des mots d'esprit.

La présidente répondit que le jeu était banni de chez elle.

« Je vois, fit l'intendante, les circonstances...

— Non point, repartit la présidente, mais je trouve que la manie du jeu n'est au fond que le partage des gens sans esprit.

— Cela s'entend, remarqua Mme de Saint-Clair, des jeux de hasard, dont l'oisiveté et l'ignorance ont fait la fortune.

— Cela s'entend surtout, dit la présidente, des jeux d'esprit, car la nécessité d'avoir toujours de l'esprit est aussi importune que la nécessité de jouer toujours à des jeux qui n'en demandent point. »

Avant de quitter les lieux, les invités se rendirent au chevet du président. Celui-ci jura par les grands dieux que tout le monde lui sucerait le sang avant qu'il ne meure et chacun put constater de la sorte qu'il n'avait plus sa tête à lui.

Vinrent les effusions du départ. En saluant Guillaume une dernière fois, l'intendante lui glissa quelques murmures dans le creux de l'oreille. Elle lui parla de cette branche qui se glissait jusque dans sa chambre à coucher en précisant qu'avant toute chose, elle voulait de la discrétion dans ses liaisons. Mais la présidente retint Guillaume d'autorité et, après le souper, tous deux se retrouvèrent dans le boudoir.

La présidente s'était allongée, telle une sylphide, sur le divan. Dans le souci de réparer sa maladresse, Guillaume s'était étudié au point d'affecter tout à la fois le sang-froid d'un doyen de faculté et l'émotion d'un amoureux passionné. Le léger rouge qui colorait les joues d'Anne-Sophie la rendait encore plus belle et, en baissant timidement les yeux, elle semblait se mettre à la discrétion de son amant. Celui-ci mettait en œuvre des trésors de délicatesse pour donner à chacun de ses gestes une décence susceptible de ne pas effaroucher une créature aussi délicate. Il caressa d'abord la cheville et, à mesure qu'il donnait à sa main indiscrète un cours de plus en plus conforme à ses pensées secrètes, la présidente se couvrit le visage d'un mouchoir de mousseline pour dérober sa honte au regard du jeune homme.

Alors Guillaume perdit tout à fait la raison et le contrôle de ses sens lui échappa. Il souleva le mouchoir et déposa un baiser sur les lèvres d'Anne-Sophie. Bientôt, des efforts redoublés, des soupirs et des morsures passionnés annoncèrent que le feu se frayait un passage vers l'extérieur, et les deux amants se mettaient précisément en état de lui donner libre cours par les chemins glissants de Cythère, lorsque Monsieur Alexis frappa à la porte du boudoir pour annoncer la visite de M. de Saint-Clair.

Guillaume se redressa et proposa de prétexter une absence. Mais la présidente jugea la parade beaucoup trop artificieuse. D'ailleurs, disait-elle en fulminant, le charme était rompu. De surcroît, elle n'entendait pas se dérober aux regards de l'intendante, car c'était elle qui avait monté cette cabale pour les troubler dans leur plaisir et M. de Saint-Clair n'en était que l'instrument involontaire.

Lorsqu'ils furent dans le salon, l'intendant s'excusa auprès de la présidente en foudroyant Guillaume du regard.

« Ma femme, dit-il d'une voix confuse, croit avoir perdu dans ce salon un médaillon serti de pierres précieuses et représentant sa mère. Aussi m'a-t-elle personnellement chargé de vous demander si vous ne l'aviez pas retrouvé quelque part.

— Et pour cause non, monsieur, répondit la présidente d'une voix sèche.

— Alors, dans ce cas, madame, et conformément au désir de ma femme, je me vois dans l'obligation de vous demander de bien vouloir m'accorder la grâce de me laisser chercher moi-même ce bijou car Blanche ne fait aucune confiance à ses serviteurs pour ce genre de besogne.

— Vous risquez de chercher longtemps, monsieur.

— Je le sais, madame la Présidente, je le sais, soupira l'intendant, mais ma femme m'a dit très exactement : "Je veux ce bijou, m'entendez-vous ? Jean-Marie, je le veux, alors, cherchez-le... cherchez-le, dussiez-vous y passer la nuit entière."

— Eh bien, monsieur, il y a fort à parier que vous y passerez la nuit entière.

— Je le sais, madame, je le sais. Mais vous connaissez Blanche... Bon, alors je préfère chercher ici toute la nuit que d'essuyer ses humeurs jusqu'au petit matin.

— Je vois le tableau, monsieur. »

Et ce faisant, l'intendant ôtait son justaucorps, le posait sur le dossier d'une chaise, retroussait ses manches à dentelles tandis que la présidente et Guillaume le regardaient, assis sur un fauteuil. Le malheureux se baissait, se relevait, se mettait tantôt à genoux, tantôt à quatre pattes, glissait le nez sous les meubles, relevait le tapis et flairait dans les coins.

Au bout d'une heure, Guillaume, dont le visage s'était décomposé au fil des minutes, annonça son intention de regagner *l'Oie qui pense*. La présidente l'accompagna jusqu'au jardin.

« Guillaume, mon tendre petit cousin, lui dit-elle, Guillaume mon chéri, je vous aime. Promettez-moi de m'être fidèle quelque temps. D'ici là, je vous le promets, je saurai vous prouver mon amour. »

Guillaume fit à son tour des serments et des protestations d'amour et de fidélité. Mais lorsqu'il enfourcha sa monture, il se mit à tressaillir sur sa selle.

Sur le chemin de l'auberge, l'arbre de Mme de Saint-Clair lui revint à l'esprit et devint sa seule obsession. Sans doute n'avait-il pas l'intention de trahir son serment, car il se sentait maintenant beaucoup trop amoureux d'Anne-Sophie, mais, pensa-t-il, les circonstances complotaient contre lui avec un tel acharnement qu'il se devait de commettre une légère infraction à sa parole pour trouver la force d'observer, par la suite, une fidélité sans faille.

Par discrétion, Guillaume laissa son cheval aux portes de la ville et gagna la rue du Vieux-Puits à pied. L'arbre de Mme de Saint-Clair était effectivement d'une complaisance inouïe. Les branches en étaient disposées par degrés et l'une d'elles, au niveau du premier étage, pénétrait dans la chambre de l'intendante par la fenêtre grande ouverte. Il regarda autour de lui et, avec l'agilité du léopard, se hissa jusqu'à la fenêtre tant convoitée.

Alors, dans la clarté d'un rayon de lune, Guillaume découvrit un spectacle qui faillit bien le faire basculer et tomber à terre. Mme de Saint-Clair était allongée sur sa couche. Elle était nue... toute nue ! La fascination lui coupa le souffle. L'amante sommeillait et Morphée semblait l'avoir assoupie dans l'heureuse attitude que le plaisir inspire aux femmes disposées à aimer. Il respira quelques bouffées d'air frais pour se remettre de ses émotions et ce souffle subtil éveilla l'intendante. Les yeux mi-clos, elle le regarda tendrement comme pour lui signifier qu'il pourrait moissonner à sa guise le vaste champ des voluptés. Le désir s'empara alors de Guillaume avec tant de force qu'il eut toutes les peines du monde à rester plus longtemps à califourchon sur la branche, tant la chose lui était devenue douloureuse. Il était justement sur le point d'enjamber le balconnet lorsqu'une voix tonitruante troua le silence de la nuit.

« Halte-là ! Qui va là ! »

A ces mots, Guillaume perdit l'équilibre et se maintint de justesse sur sa branche. Saisi d'horreur, il baissa la tête. Une patrouille, dont les soldats le couchaient en joue de leur carabine, avait pris position au pied de l'arbre.

« Qui va là ! répéta l'officier, descendez ou je fais feu. »

Le jeune homme s'exécuta dans la plus grande confusion et, lorsqu'il fut à terre, s'aperçut que l'officier en question était un sergent de son régiment. D'un geste, il le supplia de faire preuve de plus de discrétion.

« Quoi ! c'est vous, mon lieutenant ! hurla le sergent en éclatant de rire. Bas les armes, le guet ! ce n'est que le lieutenant de Tonon-Laroche... Ma parole, mon lieutenant, je croyais vos affaires mieux en train. »

Guillaume secoua ses vêtements en écumant de rage.

« Morbleu, je le croyais aussi, chuchota-t-il, mais de grâce, sergent, soyez plus discret. »

L'un des soldats avait gardé sa carabine en joue. Le sergent se tourna vers lui et hurla encore plus fort :

« Bas les armes ! imbécile, ne vois-tu pas que c'est le lieutenant de Tonon-Laroche... Mais ! ma parole, il est sourd... TO-NON-LA-ROCHE, te dis-je... Mon lieutenant, reprit le sergent, vous n'êtes point digne de cette escalade. Entrez donc par la grande porte. »

Ce faisant, le sergent se dirigeait vers la porte et il s'en fallut de peu qu'il ne fît jouer le heurtoir. Après avoir modéré le zèle de son subalterne, et tandis que la patrouille manifestait sa surprise dans une hilarité tumultueuse, Guillaume leva la tête. Tout le quartier avait le nez aux fenêtres.

Chapitre douze

Alors Guillaume devint fataliste. Il jura par tous les saints que les femmes ne l'intéressaient plus et qu'il en avait banni à tout jamais jusqu'au souvenir le plus anodin. Dès le lendemain, il s'en alla à confesse où il s'accusa d'avoir été l'infortunée victime de pensées impudiques et d'avoir voulu verser dans la luxure. Mais, précisa-t-il, par un juste châtiment de Dieu, il n'en avait recueilli que de furieuses morsures.

On le voyait, des premières clartés de l'aube à la tombée de la nuit, courir en tous sens secoué par une agitation étrange. Avec une ardeur sans cesse renouvelée il soumettait ses soldats à un régime intensif de marches forcées et d'exercices pénibles. Le soir, il rentrait à l'auberge épuisé pour passer sans transition de l'état de veille à l'état de sommeil.

Dans ses rares moments de loisir, il écrivait lettre sur lettre à son frère Jérôme pour lui apprendre à quel point il devait se réjouir de son séjour à la Bastille, loin de tout frémissement mondain, dans les profondeurs paisibles de cette grande demeure inaccessible aux folies du siècle. Il se demandait parfois pour quelles raisons son père s'était donné tant de mal à lui recommander le respect de la pucelle et de la femme mariée puisque, de toute évidence, les circonstances se chargeaient de les protéger.

Un jour, il se souvint avoir jadis entendu dire au catéchisme que plusieurs saints, que la chair torturait, avaient trouvé un apaisement salutaire dans la mortification. Aussi se livra-t-il aux macérations les plus variées en usant d'objets contondants effrayants. Et comme ces pratiques solitaires ne lui suffisaient pas, il s'accusa d'une multitude d'infractions au règlement militaire. Pour donner l'exemple de la discipline, il ordonna donc à ses hommes de le flageller selon l'usage du code et tout le régiment s'en donna à cœur joie. Mais les supérieurs de Guillaume trouvèrent que le zèle du lieutenant de Tonon-Laroche était de mauvais goût, et qu'il s'y prenait fort mal pour obtenir de l'avancement.

Cependant, la présidente et l'intendante ne cessaient d'adresser à Guillaume des messages, des convocations, des poulets et des mots tendres. Mais il les jetait au panier sans se donner la peine de les décacheter. Les deux femmes décidèrent donc, chacune de leur côté, d'employer les grands moyens, et, contre une obole de quelques deniers, Nicolas Blondeau se fit l'âme secrète de tous les complots. Entre Vaudrémont, la Longeraie et *l'Oie qui pense*, ce fut dès lors un étrange ballet et le Mentor combina dans leurs moindres détails des opérations qui devaient se dérouler avec la précision d'un mécanisme d'horlogerie.

« Monsieur, dit-il un soir à son maître, la petite Céline vous aime, c'est un fait. »

A ces mots, Guillaume se jeta sur son valet qu'il fit mine d'étrangler.

« Et pourtant, monsieur, ni vous ni moi n'y pouvons rien. Je sais que la chose va heurter votre sensibilité et votre attachement récent aux bonnes mœurs, mais enfin, la belle enfant, qui n'ose plus vous adresser la parole, me l'a confié.... à moi. Elle se meurt d'amour et elle viendra, cette nuit même, dans votre chambre, pour vous le dire.

— Elle ? venir ? fit Guillaume en éclatant de rire.

— Monsieur, la chose n'est pas risible.

— Elle l'est, en vérité, tant l'extravagance de ton propos passe la mesure. Quoi ! il ne suffit pas qu'une femme vous tombe du ciel, comme par enchantement... tu voudrais de surcroît que les amants réussissent à s'aimer sans qu'aucun fâcheux ne vienne les importuner ! Ce n'est pas croyable et ces sortes de chimères ne se voient que dans les esprits romanesques de nos écrivains à la mode.

— Monsieur, la petite m'a même précisé qu'elle souhaitait que tout se passât dans l'obscurité complète. Vous comprenez... un reste de pudeur... »

Mais, l'âme en paix, Guillaume s'endormit en toute quiétude. Pourtant, vers une heure du matin, il fut réveillé par un léger grincement de porte, et, dans un demi-sommeil, il vit se profiler sur la pointe des pieds une silhouette gracile de fillette en chemise de nuit. Le bruit d'une respiration lui apprit qu'il ne rêvait pas. Après avoir un peu tâtonné, il serra la taille de la créature, glissa une main sous la chemise de nuit et se mit à cheminer à l'étourdie. Céline était plus pulpeuse qu'il ne l'aurait cru. Il l'embrassa, la serra contre lui, sentit son cœur battre, et soudain, il entrevit le plaisir. Alors, ses sens depuis si longtemps opprimés selon des voies trop contraires à la nature se révoltèrent et Guillaume se rua sur la chair fraîche dans un épanchement instantané. Puis, il resta un moment immobile, se leva, se mit devant la fenêtre grande ouverte et, le visage d'une beauté poignante, respira un moment l'air frais de la nuit. Lorsqu'il retourna auprès de sa petite compagne, ce fut pour l'enlacer avant de retrouver le sommeil du juste.

Mais peu après, la porte s'ouvrit de nouveau et une lueur vive inonda toute la pièce. Les deux amants se dressèrent sur leur séant en mettant le drap à hauteur du menton. La présidente venait de faire son apparition, chandelier à la main, le maintien digne, les traits modelés par la consternation. La jeune fille empoigna sa chemise de nuit dont elle se servit pour cacher son visage et tenta de fuir. La présidente l'arrêta dans sa course en la saisissant par le poignet. Guillaume ne faisait pas meilleure contenance. Il regardait avec une fascination mêlée de terreur cette présidente dont les yeux lançaient des éclairs de colère. Elle en prit son parti en femme supérieure.

« Je vous dérange, monsieur, dit-elle de sa voix sèche. J'en suis fâchée. Je venais de la part d'une dame... d'une dame qui croyait pouvoir compter sur votre délicatesse et sur votre honneur. Que pourrai-je lui dire, maintenant que j'ai vu ce que je vois ?

— Madame la Présidente, répondit Guillaume, les apparences me condamnent.

— Vraiment ?

— Mademoiselle passait par hasard et elle est entrée dans ma chambre pour me demander l'heure.

— L'heure à laquelle elle devait arriver ou l'heure à laquelle elle devait repartir ? »

La présidente se tourna vers la jeune fille qui gardait toujours la tête enfouie sous sa chemise de nuit, bien qu'elle fût toute nue.

» Et vous, ma petite, vous qui préférez cacher votre joli visage plutôt que la nudité de votre corps. Voyons, montrez-le moi. Je suis curieuse de le voir, ce fin minois. »

La présidente découvrit de vive force le visage de la fillette en la secouant par le bras.

« Mais !... ma parole, s'exclama Guillaume, mais... mais c'est Marion !

— Voilà le comble ! repartit la présidente. Et qui devait-ce bien être ? En attendiez-vous une autre ? Et celle-ci est-elle venue usurper sa place ?

— Je tombe de tout mon haut, fit Guillaume

dans un soupir de candeur, Blondeau m'avait pourtant assuré que ce devait être la petite Céline.

— Eh bien, monsieur, ce Blondeau est un fieffé coquin. Voilà du beau travail. Et tout cela, pour trois écus ! Mais derrière cette comédie je flaire une coquine de bien plus grande envergure. »

La présidente entraîna Marion à l'écart. La grisette, qui venait d'enfiler sa chemise de nuit, pleurait de toutes ses larmes.

« Ma petite, lui dit-elle à voix basse, me conteriez-vous comment cela est arrivé puisque ni vous ni moi n'étions attendues ?

— Je suis bien malheureuse, madame, répondit-elle en se frottant les yeux, voilà tout ce que je puis dire. J'ai cru moi-même trouver ici quelqu'un d'autre que Monsieur l'officier. Oui... nous avons toutes deux été trompées et je suis certainement la plus à plaindre.

— C'est donc un coup fourré, fit la présidente d'un air ironique. Voyez comme le bonheur vient en aveugle au-devant des innocentes. Mais enfin, poursuivit-elle en souriant, je veux bien croire que vous soyez l'infortunée victime d'une intrigue qui vous dépasse. Je vous demande le secret, mademoiselle, sinon, vous le regretteriez. Allons, retirez-vous en paix et sachez que votre discrétion vous vaudra ma reconnaissance. »

La présidente avait mis tant de dignité dans son propos que Marion se retira en tremblant de tous ses membres. Dans le même temps, Guillaume s'était précipité, l'épée à la main, chez Blondeau qui occupait la pièce voisine.

« Eh bien ! mon cher Nicolas, lui dit-il en faisant tournoyer la pointe de son épée, je gage que tu en es le premier surpris. »

Nicolas se jeta à genoux aux pieds de son maître en protestant de sa bonne foi.

« Mon unique souci, monsieur, dit-il en balbutiant, était de vous procurer un délassement honnête et agréable... Je ne pouvais ni prévoir l'arrivée de Mme la présidente ni parer le coup.

— Et que dois-je en conclure ?

— Que le diable, qui ne dort jamais, a joué dans cette affaire un tour de son métier.

— Alors, vieux misérable, répondit Guillaume en lacérant les fesses de Blondeau de la pointe de son épée, voilà un autre tour de mon métier. »

Enfin, la présidente et Guillaume se retrouvèrent en tête-à-tête.

« Eh bien ! Guillaume, s'exclama-t-elle les bras croisés, que dois-je penser de tout cela ? de votre serment ? de votre honneur ? de votre amour ?

— Que je suis un monstre si vous me croyez criminel.

— Voilà qui ne manque pas d'aplomb, le petit scélérat ! Il voudrait me faire croire en son innocence.

— Ou tout au moins, madame, en mon repentir extrême. J'allais au hasard... Une jeune fille toute fraîche m'est tombée sous la main... Point de résistance... Que faire ? Je me fie à mon étoile qu'une succession d'événements malheureux avait ternie. Vous êtes venue assez tôt pour me sauver du remords et assez tard pour que les apparences déposent contre moi.

— Monsieur, vous êtes un franc vaurien, un fourbe, un insolent. Vous me trompez avec audace et vous avez le front de me faire de beaux discours. Mais je dois reconnaître que pour un apprenti libertin, vous faites des progrès intéressants. »

Guillaume était assis sur son lit, comme frappé d'hébétude. Après quelques instants de silence, la présidente s'agenouilla à ses pieds en souriant.

« Allons, lui dit-elle d'une voix plus douce en lui caressant les cheveux, je vous ai dit que votre jeunesse était un avantage à mes yeux et que je vous prouverai mon amour avec force. Voilà qui est fait. Il faut bien croire que je vous aime, petit cousin, pour vous pardonner de tels écarts. »

Alors la présidente annonça par la délicatesse de ses gestes qu'elle pousserait la générosité au point d'assortir ce pardon de ses tendres complaisances. Après les premières effusions de la nuit, Guillaume s'était senti gagné par un certain état de lassitude. Mais Anne-Sophie déploya ses charmes avec tant de doigté qu'il retrouva tout aussitôt ses esprits et cette heureuse posture qui prélude aux mystères de l'amour. Marion avait absorbé ce surplus d'énergie qui, dans l'ardente jeunesse, suspend prématurément le cours des plaisirs. Aussi la présidente recueillit-elle de sa passion des fruits épurés et subtils. Elle prit ensuite son amant dans ses bras, et lorsqu'elle le quitta, vers cinq heures du matin, il était plongé dans un assoupissement profond.

Elle fut aussitôt relayée dans ses bonnes grâces par Céline qui pénétra dans la chambre de Guillaume sans l'éveiller. Elle le secoua d'un geste délicat en chuchotant de sa voix enfantine :

« Monsieur Guillaume, c'est Céline… la vraie Céline. »

Guillaume fit entendre un grognement sourd et, dans un demi-sommeil, il lui marmonna de retourner chez elle. Mais Céline insista au point de tirer le jeune homme de son engourdissement. La larme à l'œil, la grisette lui conta qu'elle était amoureuse de lui et que le souvenir du désagrément qu'elle lui avait causé au cloître Saint-Vincent la plongeait dans d'indicibles remords. Elle voulait, lui disait-elle encore, l'en dédommager en lui prodiguant mille caresses. Guillaume répondit en soupirant qu'il était touché par de si bonnes dispositions mais qu'ils en reparleraient un peu plus tard. Céline ajouta que, cachée dans le couloir, elle avait suivi le cours de ses mésaventures avec un sentiment de compassion si profond qu'elle souhaitait lui apporter un peu de réconfort. Guillaume se rendormit. Mais Céline se mit en demeure de le consoler avec des arguments si touchants que les dernières étincelles de lubricité, qui s'étaient éteintes dans la profondeur du sommeil retrouvé, furent soudain ravivées au point de contraindre Guillaume à user de ses ultimes forces pour contenter la petite repentante.

Aux premières heures du jour, Blondeau se rendit à la Longeraie.

« Madame l'Intendante, dit-il à Mme de Saint-Clair, vous allez être contente. Le tableau était parfait. La petite Céline, que mon maître aime bien, était trop pure pour se prêter au jeu. Elle a refusé. Mais sa sœur Marion ne s'est pas fait prier pour prendre sa place contre six pistoles. Au même moment, j'ai conduit la présidente de son château à *l'Oie qui pense*, selon son désir. Une fois à l'auberge, je l'ai introduite dans la chambre de mon maître et, lorsqu'elle a vu la gamine dans son lit, elle a eu des vapeurs. Elle n'a retrouvé ses esprits que pour le souffleter avant de déguerpir sans demander son reste. Et croyez-en ma parole, après un tel affront, elle ne s'y frottera plus. Votre astuce et votre bel esprit, madame l'Intendante, ont fait merveille. Vous voilà la maîtresse du jeu.

— Mon ami, repondit Mme de Saint-Clair, votre scéleratesse me plaît. Tenez vos six écus, vous les avez bien mérités. Et maintenant, courez à votre maître et faites-lui savoir que je l'attends céans. »

Lorsque Blondeau apprit à Guillaume que l'intendante le mandait, il fit grise mine. Mais comme il se donnait pour courtois, il s'en alla incontinent. Mme de Saint-Clair s'imagina que la décomposition de son visage n'était que l'effet de ses désenchantements nocturnes. Aussi se donna-t-elle pour consolatrice tout en se disposant à glaner les fruits de sa victoire. Guillaume ne se sentait pas d'humeur à contenter une quatrième maîtresse en si peu de temps. Il voulut modérer le zèle de l'intendante, mais comme cette dernière, qui s'était dévêtue, faisait déjà parade de ses charmes, il en tira son parti avec philosophie. Il en est des femmes, pensa-t-il, comme des grains. L'abondance succède parfois à la disette en dehors de l'humaine volonté, et la suprême sagesse commande de se plier aux caprices de la nature avec résignation.

Alors, il ôta son uniforme avec une majesté tranquille, le déposa avec soin sur une chaise, s'allongea sur Mme de Saint-Clair, la besogna et lui fit l'offrande de sa voluptueuse agonie.

« Eh bien ! s'exclama-t-elle lorsque l'affaire fut conclue, je pensais qu'un jeune homme à la mode se montrerait moins languissant.

— Un reste de pudeur mal entendue modère encore mes transports, répondit Guillaume. Donnez-moi quelques jours, madame, et vous serez contente. »

Mais Mme de Saint-Clair préféra en conclure que ce Blondeau était la plus belle fripouille du siècle.

Quant à Guillaume, il se traîna jusqu'à sa caserne où il tomba en syncope, à peine arrivé. Et ce n'est qu'en lieu sûr, à l'infirmerie, qu'il retrouva ses esprits.

Au même instant, à Vaudrémont :

« Anne-Sophie... Anne-Sophie... Venez... Cette fois je l'exige. Ce que j'ai à vous dire est de la plus haute importance. »

La présidente se présenta au chevet de son

époux. Le visage impassible mais rayonnant de beauté, elle se tint debout, au pied du lit, en regardant le moribond de sa haute stature.

« Anne-Sophie d'Aiglemont, dit le président, cette fois, j'ai décidé de mettre les choses au point une bonne fois pour toutes... J'ai tout lieu de me plaindre de vous. Vous ne prenez jamais soin de moi... Cette nuit, vous n'avez même pas répondu à mes appels. Est-ce là un comportement digne d'une épouse ? Je vous préviens, madame, je ne le puis tolérer davantage, je vais donner mes ordres... »

Anne-Sophie répondit avec dignité :

« Je vous aurais soigné avec tendresse et dévouement si, avec vos quarante-cinq ans de plus que moi, vous aviez été mon grand-père. Mais comme vous êtes mon époux, je ne puis le faire sans indécence.

— Taisez-vous, épouse indigne.

— Il fallait en choisir une autre, monsieur.

— Si j'avais su...

— Voilà bien l'inconvénient de cueillir les fillettes au sortir du berceau, on ne sait jamais sur qui l'on tombe.

— Mais qui que l'on soit, cela ne vous dispense pas du respect que l'on doit à un mourant... C'est là quelque chose de sacré... et je vous trouve bien coquette par les temps qui courent. Ayez au moins un peu de patience.

— C'est que vous êtes trop long à mourir, monsieur, j'aurais le temps de prendre des rides.

— Et vous croyez que ça m'amuse, et que je le

fais pour le plaisir ? Mais enfin, quel démon vous possède depuis quelque temps ? Il me semble que vous êtes bien pressée de me voir partir.

— Que voulez-vous, monsieur, tel est le prix de ma complaisance passée et je me demande aujourd'hui quel funeste sentiment m'a dicté tant de sagesse à ce jour. Vous me vouliez prude et dévote à l'âge de la galanterie, eh bien réjouissez-vous, c'est ainsi que vous m'avez eue du temps de votre vivant au prix de ma jeunesse. Mais désormais, j'ai décidé de ne plus attendre pour devenir galante.

— Ingrate... Je vous ai donné toute ma fortune et mes trente-six quartiers de noblesse... Et vous, vous n'en aviez que quatre, dont deux bien attestés seulement.

— Quatre quartiers de noblesse et treize ans, Charles-Henri.

— J'étais président de parlement.

— Président de parlement et le plus fin connaisseur de bordels du royaume.

— Ingrate, avez-vous jamais manqué de quelque chose ?

— J'ai toujours manqué d'un amant qui m'aurait distraite de cet automate qui se faisait un point d'honneur de me labourer de son soc qu'il avait usé, depuis plus de quarante ans, sur toutes les prostituées de France et de Navarre.

— Ces femmes-là n'ont jamais compté. Quel mari n'a jamais...

— Elles n'ont que trop compté, Charles-Henri. Chacune d'elles recueillait, jusqu'au seuil de votre maladie, plus de largesses que votre femme n'en a jamais recueilli sa vie durant. Et vous voudriez me contraindre à votre chevet ? Votre audace passe les bornes, monsieur.

— Femme indigne ! J'imagine le bonheur avec lequel vous recevrez tant de condoléances.

— Des condoléances, Charles-Henri ? C'est pour la perte de mon pucelage qu'il fallait m'en faire.

— Mais enfin, Anne-Sophie ! Pourquoi tant de cruauté... Et que me reprochez-vous ?

— Je vous reproche, monsieur, de m'avoir humiliée pendant plus de quinze ans. Je vous reproche de m'avoir sacrifiée à votre prestige et à vos plaisirs. Je vous reproche de m'avoir enterrée petite fille et de m'avoir volé ma jeunesse. Je vous reproche de n'avoir jamais su ma souffrance. Je vous reproche de n'avoir jamais su vivre, et maintenant, je vous reproche de ne savoir pas mourir.

— Qu'y puis-je ?... Et qu'est-ce, mourir à votre convenance ?

— Vous mourez comme vous avez toujours vécu. Vous traînez, vous n'arrivez pas à vous décider, vous louvoyez. Un jour c'est une jambe qui s'en va, le lendemain c'en est une autre. Restez ou partez, mais ne restez pas à moitié.

— Mon Dieu, Anne-Sophie... que vous êtes cruelle, fit le président en éclatant en sanglots, et que vous êtes injuste !

— Injuste, moi ? Et c'est vous qui parlez de justice ? Vous qui n'avez jamais vécu aux dépens des autres que d'injustices et de sacrifices ?

— Que vous avez le cœur sec !

— Il fallait m'apprendre à l'avoir autrement, monsieur. Que voulez-vous, la femme doit être à l'image de son mari, la religion et les lois l'ordonnent, et vous auriez mauvaise grâce de me reprocher d'avoir été votre élève trop fidèle.

— J'ai peut-être eu des torts, Anne-Sophie, mais le plus grave, à mes yeux... est de vous avoir crue plus douce que vous n'étiez.

— Ma douceur n'était qu'un sacrifice. Vous me voyez aujourd'hui telle que je suis. Depuis cette nuit, Charles-Henri, mon caractère d'apparat a volé en éclats.

— Est-ce là tout l'effet de mon agonie ?

— C'est l'effet de l'amour.

— L'amour ? fit le président d'un air intrigué, mais... de quel amour voulez-vous parler ?

— J'ai appris, cette nuit, que j'étais capable d'aimer, et puisque je sais, maintenant, que je suis une femme sensible, le masque d'une nature artificieuse me répugne et le sacrifice enduré à ce jour prend à mes yeux toute sa dimension.

— Ah !... Ah !... Je vois... le petit Tonon-Laroche.

— Tout juste.

— Un gringalet... vingt ans... six quartiers de noblesse... et vous vous contentez de ça ?

— Guillaume m'a appris que j'avais un cœur, et vous trouvez que ce n'est rien, ça ?

— Je... je vais vous déshériter.

— Ne vous en privez pas. De toutes les façons,

j'avais comme le sentiment que je ne vous survivrais pas écrasée sous le poids de vos largesses.

— Je... je donnerai des ordres... Je donnerai des ordres pour qu'on vous empêche de sortir du château, sauf pour la messe... et pour que l'on empêche ce Tonon-Laroche de rôder dans les parages.

— Ne vous en donnez pas la peine, monsieur, vos ordres ne franchiraient pas le seuil de cette chambre. Au cas où vous l'ignoreriez encore, sachez que c'est moi qui ai pris le pouvoir dans cette maison.

— De grâce... Anne-Sophie, dit le président en pleurant, respectez au moins l'année de deuil.

— C'est trop long. Nous avons, Guillaume et moi, à commettre des affaires dont l'urgence s'accommode mal d'un tel délai.

— Tiens !... Je voudrais bien savoir lesquelles.

— C'est de votre succession qu'il s'agit, monsieur.

— Ah !... Ah !... elle est bien bonne, celle-là... vous me faites bien rire... Vous arrivez trop tard, madame, ma succession est réglée dans les moindres détails. Je le sais de bonne source. Il n'y manque rien, je dis bien, rien.

— Il y manque un héritier en ligne directe.

— Et qu'y puis-je ?

— Vous, rien, j'en conviens. En ce qui me concerne, c'est une autre affaire.

— Quoi !... ah !... jamais !... Vous êtes folle, personne ne vous croirait, il serait déclaré bâtard, adultérin...

— Vraiment ? Vous étiez un homme de loi, Charles-Henri, et vous avez sans doute entendu parler de la règle *pater est quem*. Eh bien vous auriez dû m'en dire deux mots en temps utile, cela m'aurait évité le désagrément de m'y prendre en catastrophe.

— Jamais... jamais.... Je m'en vais, de ce pas, faire dresser par-devant notaire un acte de désaveu de paternité par anticipation.

— Vous n'en ferez rien.

— Je... je voudrais bien savoir ce qui m'en empêcherait.

— Votre point d'honneur. Vous y tenez beaucoup trop pour préférer un éclat qui porterait ombrage à votre mémoire que de sombres rumeurs infirmées par décision du parlement.

— Ah !... Ah !... Ils me suceront tous le sang avant que je ne meure... ils me suceront tous le sang avant que je ne meure...

— Mais, que vous arrive-t-il ? Je vous vois bien nerveux, soudain. Lisette, seule, saura vous apporter quelque apaisement, et je m'en vais vous la chercher. Adieu, monsieur. »

Chapitre treize

Vint la Saint-Michel. Le président d'Aiglemont, seigneur du lieu, avait fait son choix. Tout était prêt, au village de Montigny et au château de Vaudrémont, pour les cérémonies de la Rose.

Aux premières heures du jour, les habitants de Montigny s'assemblèrent sur la place du village. Dans un carrousel éblouissant, la présidente, les Saint-Clair, les de Sales, les d'Anglejean, les de Montbuisson, M. de Montmorency et tous les notables du lieu descendirent de leurs carrosses rehaussés de motifs somptueux et incrustés d'or et d'argent. Dans leurs costumes d'apparat, ils formèrent une haie d'honneur à l'entrée de l'église.

Vêtue de blanc, symbole de l'innocence, la tête ornée de marguerites et de jasmin, ruban bleu en baudrier, une corbeille de fruits à la main, les cheveux flottants en grosses boucles sur les épaules, suivie d'un cortège composé de douze jeunes filles en robe blanche qui donnaient la main à douze garçons du village, d'un pas noble et modeste à la fois, Lisette, la rosière, s'avança, tel un lys au milieu des simples violettes, sur la place de l'église au son des violons et des musettes.

L'officier de justice seigneuriale la prit par la main et la présenta à la présidente d'Aiglemont, préposée du seigneur que la maladie avait retenu au lit. La présidente embrassa la rosière sur le front et les joues et lui glissa dans l'oreille quelques paroles de compliment. Elle la prit ensuite par la main et les deux femmes pénétrèrent dans l'église, suivies du blanc cortège, des notables et de la multitude.

A quelques pas de l'autel, Lisette s'avança toute seule au milieu du chœur et, alors même que l'éclat des grandes orgues faisait vibrer toute la nef, elle s'agenouilla sur le prie-Dieu qui lui était réservé, face au curé en étole à qui l'on venait de présenter l'encens et l'eau bénite. Au cours de la messe, le curé monta en chaire et, dans un sermon vibrant d'émotion, il célébra les bienfaits de l'institution de la Rose et les vertus de Lisette :

« Il est donc encore un endroit sur terre, dit-il, où un chapeau de roses est regardé comme le prix le plus honorable et le plus flatteur que l'on puisse donner à la vertu. Tous les habitants de ce village, composé de deux cent quarante feux, sont doux, honnêtes, sobres et laborieux. Ils n'ont point de charrue, et c'est avec la bêche qu'ils fendent leur petite portion de terre. Certains trépassent les années de disette, et pourtant, tout le monde vit ici content de son sort. Il n'est point d'exemple d'un crime commis à Montigny par un naturel du lieu. On n'y voit point chez eux de ces vices énormes qui caractérisent les paysans brutes des environs et moins encore de ces passions honteuses qui s'attachent à la lubricité. Ce miracle, mes enfants, est le fruit de l'heureuse sollicitude de notre seigneur, monsieur le président d'Aiglemont, auguste fondateur dans notre paroisse de la fête de la Rose, laquelle est mère de toutes les vertus qui triomphent chez nous dans une émulation salutaire. Que Dieu veuille nous garder ce grand homme en sa sainte grâce ainsi que sa noble épouse, ici présente. Oui, je le dis en toute simplicité, c'est grâce à notre seigneur Monsieur le président d'Aiglemont, c'est grâce à lui, heureux natifs de Montigny, que vous devez d'être encore de ces vestiges d'un âge d'or qui, partout ailleurs, est terrassé par les funestes influences de la ville.

« Et maintenant, voulez-vous, venons-en à notre petite Lisette. Je ne voudrais point ici en célébrer la vertu tant cette qualité est bien connue de tous. Aussi me contenterai-je de rappeler quelques petits épisodes de son enfance qui nous diront, mieux que de grands discours, l'éminence de son mérite et la justesse du choix de Monseigneur le président d'Aiglemont.

« Non seulement Lisette assistait régulièrement à tous les offices, mais encore elle y paraissait avec tant de modestie et de recueillement, que l'on voyait bien que son cœur était pénétré des plus tendres sentiments de religion et de piété. Tous les mois, elle demandait elle-même à sa mère la permission d'aller à confesse, et les efforts qu'elle faisait pour se corriger de ses défauts étaient la preuve bien authentique de la sainteté des dispositions qu'elle apportait au tribunal de la pénitence.

« Lisette assistait avec la même constance au catéchisme. Un jour que je lui avais soumis une difficulté considérable, elle me répondit avec tant d'assurance, de précision et de vivacité, que je lui reprochai son orgueil en termes si sévères qu'elle ne put retenir ses larmes. Mais loin de savoir mauvais gré à son pasteur de cette réprimande, elle l'attendit à la porte de l'église, au sortir de vêpres, pour le remercier de l'intérêt qu'il voulait bien prendre à son salut. Par la suite, quoiqu'elle fût toujours en mesure de répondre à mes questions, elle se garda bien de le faire, tant son humilité était grande, et personne n'entendit plus jamais le son de sa voix au catéchisme.

« Une seule fois le salut de notre modeste Lisette m'inspira quelque inquiétude. Elle avait, d'une vieille tante défunte, reçu un petit pécule. On la vit, certain temps, attifée de parures mondaines. Dieu merci, la même année, les récoltes furent si mauvaises qu'il fallut sacrifier le maigre héritage à ne point mourir de faim, et la providence, qui fait bien les choses, remit tout dans l'ordre. »

La messe achevée, Lisette, son blanc cortège, le curé, les notables et la multitude se rendirent en procession fleurie à la chapelle de Saint-Médard. Une couronne de roses entourée d'un large ruban bleu les y attendait sur l'autel. C'est en ce lieu que l'officier de justice seigneuriale remit à Lisette une bourse contenant cinq écus.

« Mademoiselle, lui dit-il, Monseigneur le président d'Aiglemont m'a chargé de vous représenter toute la sagesse à laquelle vous engage le don de ce modeste présent, digne récompense de vos vertus. »

A ces mots, Lisette baisa la main de l'officier et le curé déposa la couronne de roses sur sa tête. Alors, de toutes les bouches, de toutes les poitrines, et d'un même souffle, un chant de Te Deum s'éleva vers le ciel, et c'est dans l'allégresse générale que Lisette, son blanc cortège, le clergé, les notables et la multitude retournèrent à l'église paroissiale pour assister au salut et à la bénédiction du saint sacrement.

Après les solennités religieuses, l'officier de justice conduisit la rosière jusqu'au milieu de la grande rue de Montigny où les douze jeunes gens du cortège érigés en vassaux du fief de la Rose lui offrirent une collation. Redevance symbolique plutôt que rafraîchissement substantiel, cette collation retraçait bien la simplicité des mœurs antiques : une table en bois garnie d'une nappe, des bancs, six assiettes, six serviettes, deux couteaux, deux verres, une salière avec un peu de sel, quelques tranches de pain, un petit morceau de fromage de chèvre et du vin clairet en deux pots formaient tout l'appareil de la frugale offrande. Enfin, tout le village se prépara pour les festivités champêtres offertes, l'après-midi même, au château de Vaudrémont, par le président d'Aiglemont.

Le soleil baignait de ses rayons les jardins du

château. La présidente, l'intendante et quelques femmes de notables avaient revêtu cet habit de bergère à la culotte si courte qu'elle permettait de voir toute la cheville qui, sous un bas de soie, surmontait un pied chaussé d'une mule. Elles étaient coiffées d'un grand chapeau de paille noué sous le menton à l'aide d'un ruban rose et tenaient en main une houlette ornée de plusieurs rubans bariolés. Sous l'autre bras, elles avaient passé l'anse d'un somptueux panier d'osier qui retraçait les agréments de la panetière. Entourées de soubrettes, elles s'affairaient autour d'une table sur laquelle étaient disposés toutes sortes de rafraîchissements champêtres.

Assis à terre, à l'ombre d'un grand orme, les hommes avaient, eux aussi, retrouvé la simplicité des mœurs patriarcales dans leur tenue de gentilhomme campagnard à la Franklin : gros justaucorps de velours marron, culotte usée avec art et dont l'extrémité disparaissait sous de lourdes bottes de cuir retroussées aux genoux, tricorne épais et dépouillé de fanfreluches. Seul, M. de Montmorency, qui était assis dans un fauteuil d'osier, avait revêtu sa robe de tous les jours. Ils dégustaient dans un grand bol de terre cuite ce lait encore tout chaud que la présidente et l'intendante étaient allées recueillir, de leurs propres mains, à la laiterie voisine. Quelques brebis, que l'on avait fait venir pour la circonstance, gambadaient sur l'herbe tendre. Tout le monde attendait l'arrivée de Lisette et des paysans du village de Montigny.

Vers deux heures de l'après-midi, la présidente vit venir de loin Guillaume en compagnie de quelques officiers qui n'avaient pas assisté aux cérémonies religieuses en raison de l'exercice du matin. Elle se précipita aussitôt au-devant de son amant qui, sous l'œil sévère du colonel de Noinville, s'était détaché du groupe.

« Guillaume, oh ! Guillaume, je vous aime, lui dit-elle à voix basse. Je vous aime plus encore que vous ne pouvez l'imaginer. Il y a si longtemps que nous ne nous sommes vus. Vous savez, il n'est point d'instant que je ne pense à vous. Merci, petit cousin, de m'avoir dit ce qu'était le bonheur.

— Anne-Sophie, murmura Guillaume, je vous adore. Vous êtes devenue ma raison d'exister et il n'est point d'instant que je ne revive, moi aussi, ces moments de bonheur que vous me donnez.

— Oh ! Guillaume, si j'étais seulement assurée de la profondeur de vos sentiments, je serais la plus heureuse des femmes.

— Quoi ! ingrate. Les gages d'amour que je vous donne chaque jour ne vous suffisent-ils pas ?

— Pardon, cher petit amour. Mais vous me faites perdre la raison car j'ai tant de mal à me convaincre que je suis capable d'être heureuse. Puis-je être assurée de votre constance et de votre fidélité ?

— Je vous aime trop tendrement, Anne-Sophie, pour ne pas vous pardonner l'impertinence de la question. »

Mais le visage de Guillaume restait d'une étrange gravité.

« Oh ! petit cousin, que se passe-t-il ? Cet air de grande détresse dans lequel je vous vois.

— Rien... ce n'est rien... Anne-Sophie. Du moins cela ne concerne pas notre amour.

— Tout ce qui vous concerne me concerne. Je vous en conjure, dites-moi tout.

— C'est de Jérôme, mon jeune frère, qu'il s'agit.

— Mais encore...

— Mon père m'apprend, dans sa dernière lettre, qu'il s'est évadé de la Bastille.

— Mon Dieu ! le pauvre enfant. Il va être repris et jeté à Vincennes.

— Il y a pis, Anne-Sophie.

— C'est déjà fait !

— Non point. Jérôme sillonne au contraire les campagnes et il ameute tout le monde en proclamant que l'égalité de tous est un droit sacré ou en débitant d'autres sornettes à la mode.

— Dieu soit loué !

— Quoi ! vous osez...

— Est-ce un bien grand mal ?

— C'est l'opprobre pour les Tonon-Laroche. Au demeurant, je puis maintenant vous l'apprendre, puisqu'il n'a pas rougi de nous salir, en dépit de notre générosité. Jérôme n'est en vérité qu'un enfant trouvé et adopté par mes parents dans un geste de charité. Il est de la roture. Au fond, il n'est pas étonnant qu'il en épouse la cause. »

La présidente garda le silence avant de reprendre d'une voix plus grave :

« Alors, Guillaume, cela prouve bien que la

noblesse des sentiments ne vient pas du sang, puisque les sentiments de Jérôme sont les plus nobles que je connaisse.

— Et pour comble, poursuivit Guillaume, mon père n'a pu obtenir du lieutenant de police un nouveau décret de prise de corps. Le pouvoir royal redoute, dit-on, que par les temps qui courent, ces sortes de contraintes n'ameutent la populace... Quoi ! cela ne vous trouble pas ?

— Petit cousin, des hommes que l'on considère aujourd'hui comme des saints sont jadis morts en croix pour avoir dit que nous naissions tous égaux. Et vous voudriez que ces mêmes hommes fussent aujourd'hui traités comme des gens sans aveu ? »

La présidente fit un sourire, posa sa main sur la joue de Guillaume et ajouta :

« Vous ne pouvez pas comprendre cela parce que vous n'avez jamais connu la souffrance et que vous n'êtes encore qu'un enfant... Au fond, Guillaume, vous êtes un peu mon enfant, puisque c'est vous que j'aurais voulu aimer lorsque j'avais l'âge de treize ans. »

Cependant, les notables étaient absorbés, au pied de leur orme, par les affaires du royaume :

« C'est un grand malheur que cette convocation des états généraux, disait l'intendant, on en voit déjà les effets dans ma généralité. Ce n'est partout que surenchère de démagogie. Aux dernières nouvelles, un certain Roe... Roede... Roederer... je crois... vous connaissez ? Eh bien, ce Roederer ameute donc la ville de Metz en proclamant sans vergogne que ce royaume serait le meilleur de tous si l'on y établissait l'égalité de tous les citoyens. Et nous avons ordre de le laisser dire.

— Tel est le prix de la guerre d'Amérique, messieurs, repartit le conseiller de Sales. En vidant les caisses de l'État, elle a rempli les têtes de nos bourgeois à la cervelle mal timbrée. Leurs idées valent peut-être pour une nation nouvelle, comme les États-Unis d'Amérique, mais elles se transforment en chimères redoutables et bien capables d'ébranler, chez nous autres, les fondements d'un royaume millénaire.

— Et voyez-vous, monsieur le Conseiller, enchaîna le subdélégué de Montbuisson, c'est précisément parce que la guerre d'Amérique a ruiné les finances de l'État que le roi a été contraint de convoquer ces états généraux grâce auxquels les idées américaines vont pouvoir proliférer chez nous comme de mauvaises herbes. Quelle étrange fatalité !

— Mais... mais quoi ! s'écria le colonel de Noinville. Qu'avez-vous tous, contre cette guerre d'Amérique ? Ne leur a-t-on pas donné une bonne leçon, à ces messieurs les Anglais ?

— Colonel, répondit M. de Saint-Clair, j'échangerais volontiers Monsieur de La Fayette contre dix victoires anglaises. »

« C'est à en perdre la tête... c'est à en perdre la tête », ne cessait de marmonner le fermier général.

Au même moment, le docteur Leduc était au chevet du président et, comme à l'ordinaire, il se préparait à pratiquer les quatre saignées quotidiennes. Il se tourna vers la servante qui remplaçait Lisette, que l'on avait exceptionnellement dispensée de service ce jour-là, et lui demanda un récipient destiné à recevoir le sang du président. La soubrette, qui n'était guère au fait du détail, s'en alla à l'office pour en revenir munie de la première saucière qui lui était tombée sous la main. Une fois l'opération accomplie, elle revint à l'office avec le récipient rempli du sang du président, et le déposa sur une table. Monsieur Alexis, qui passait par là peu après, prit possession de la saucière en question et la mit sur le plateau garni de toutes les autres sauces qui devaient agrémenter la collation champêtre.

M. de Saint-Clair regarda avec délices le plat de tartines au jambon, au saucisson et au pâté de campagne, qu'une servante présentait aux notables. Tous se servirent selon leur goût. Monsieur Alexis vint peu après avec le plateau garni de saucières. Du bout d'une cuillère, M. de Montmorency cassa à petits coups la fine pellicule qui s'était formée à la surface du sang encore tout chaud du président, il en nappa sa tartine d'un œil de gourmet, et tous les notables firent de même.

« A propos des corporations, poursuivit le conseiller de Sales en avalant sa tartine sanglante et en se passant la langue sur ses lèvres écarlates, imaginons un seul instant qu'on les supprime, comme le voudraient nos bourgeois. Qu'en adviendrait-il ? Chacun vendrait n'importe quoi à n'importe qui. Les plus gros mangeraient les plus petits, tout deviendrait source de marchandage et de querelle... ce serait... ce serait...

— Ce serait, trancha l'évêque en souriant de ses lèvres où perlaient quelques gouttes de sang, ce serait le royaume d'Israël après la mort du roi Salomon ! »

Le trait d'esprit provoqua l'hilarité générale.

« La suppression des droits seigneuriaux aurait le même effet, enchaîna le subdélégué de Montbuisson en se suçant le bout d'index tout rouge avec lequel il venait d'essuyer ses lèvres. Renoncez aux droits de ban et les plus malins auraient bientôt leur pressoir, leur moulin et leur four et ils en feraient payer l'usage au prix fort, en sorte que les plus petits en seraient bientôt réduits à la mendicité ou à la vengeance, et comme il n'y aurait plus de justice seigneuriale, nous verrions nos villages dans le plus grand tumulte. »

L'évêque grimaçait d'indignation en montrant ses dents rouges tandis que, de part et d'autre de ses lèvres, dégoulinaient quelques gouttes de sang :

« Et tout ceci, messieurs, vociféra-t-il, et tout ceci se terminerait dans le sang... car je vous le dis, moi, la populace aime le sang !

— Et puis, ajouta le fermier général d'Anglejean en mordant à belles dents dans sa tartine sanglante, je vais vous dire quelque chose d'importance qui va peut-être vous paraître stupide. Puisque ce sont les fermiers généraux qui sont chargés de la collecte des impôts, eh bien, supprimez-les, et du même coup vous supprimerez les impôts. Car croyez-en mon expérience, les impôts ne sont pas de ces choses qui se lèvent toutes seules.

— Messieurs, messieurs, conclut l'intendant en faisant signe à Monsieur Alexis de revenir avec les tartines et les sauces, abolissez les privilèges du sang, établissez l'égalité, et vous aurez la tyrannie la plus sanglante qui se puisse imaginer.

— L'égalité ! fit remarquer le colonel, cela n'a ni queue ni tête.

— Tout juste, monsieur, s'exclama l'évêque en nappant une nouvelle tartine, vous ne croyez pas si bien dire. Figurez-vous que certains illuminés osent prétendre que tous les responsables, même les curés, doivent être élus par l'ensemble des citoyens égaux en droits. Et comme au nombre de ces citoyens ils mettent les juifs eux-mêmes, eh bien, nous verrions, je dis bien... nous verrions des juifs élire leur curé ! »

A ces mots, les notables éclatèrent de rire en s'envoyant des myriades de postillons rougeâtres à la figure.

Soudain, une voix féminine domina la clameur dans un transport d'allégresse :

« Mes amies, mais que vois-je ! mais que vois-je !

— Mais quoi donc ? mais quoi donc ? s'écrièrent toutes les bergères en chœur.

— Je les vois ! je les vois !

— Mais qui donc ? mais qui donc ?

— Les paysans. Ce sont eux ! ce sont eux !

— Mais où donc ? mais où donc ?

— Là-bas, à l'horizon, regardez, mes bonnes amies, regardez ce nuage de poussière. »

Chapitre quatorze

Derrière Lisette, que suivaient son blanc cortège, le curé de Montigny et l'officier de justice seigneuriale, une étrange cohorte de gueux s'avançait dans une progression tumultueuse en émettant les sons les plus divers. Bien qu'ils eussent endossé leurs habits de ville, ou du moins ce qui leur en tenait lieu, certains paysans battaient la semelle, traînaient la galoche de bois, le sabot usé ou, plus simplement, leurs pieds nus. Quelques-uns portaient de longs bas de laine déchirés et roulés au-dessous du genou sur une culotte en lambeaux fixée à l'aide de cordes à moitié effilochées, d'autres avaient enfilé un pantalon déchiré à cul pelé et terreux. Les plus heureux portaient un chapeau de feutre noir ou marron qui achevait de se décomposer et dont il ne restait presque rien des larges bords autrefois relevés en tricorne. Sur les épaules pendait quelque chose qui avait la forme d'un justaucorps rapiécé ou d'une veste élimée. Quelques privilégiés arboraient une perruque. C'était le don antique d'un seigneur de la région qui s'en était d'abord garni le crâne avant d'en faire l'offrande et qui, en transitant de génération en génération, avait fini par s'user jusqu'à la racine.

Les femmes étaient recouvertes de justes troués, de corsages à longue basque et de robes de flanelle grossière ou de toile grise raccommodée à la hâte et ajustées à l'étourdie. Quelques tabliers de serge dissimulaient par endroits l'usure irréparable de la guenille. La calvitie et la teigne échappaient aux regards grâce à des chiffons roulés autour de la tête en fanchon, en marmotte ou en galipette, et, parfois, avec le secours d'un vieux bonnet de coton.

On trouvait pêle-mêle des estropiés et des borgnes. A quelques-uns, il manquait un bras ou une main, à d'autres, une jambe. Ceux-là clopinaient sur des béquilles accommodées à l'emporte-pièce ou sur des jambes de bois qui semblaient elles-mêmes sur le point de rendre l'âme. Des vestiges de petite vérole grêlaient plusieurs visages. Visages fripés par le labeur, rongés par la faim, burinés par le soleil et le froid, lacérés par l'effort, visages émaciés, au teint blafard, hâve, glauque, visages baignés par une sueur fétide et profuse, visages de brutes au regard stupide. Les corps, désarticulés par la maigreur et engourdis par le travail, se transportaient en vacillant dans la poussière des grands chemins et, en se déplaçant, la masse mouvante laissait sur son passage une odeur de charogne et de vermine.

Ainsi allaient les paysans de Montigny vers le château de Vaudrémont, au son d'une musique rustique exécutée par des musiciens champêtres que l'on avait fait venir à grands frais de la ville. Une vielle à roue, un hautbois, une musette, un violon et un tambourin interprétaient les fameux *concerti* comiques de monsieur Michel Corrette dont le très célèbre *V'la ce que c'est qu' d'aller au bois*.

L'arrivée des paysans à Vaudrémont fut saluée, dans l'allégresse générale, par une immense clameur. Bientôt, la multitude se retrouva, sur la grande pelouse, face aux aristocrates qui s'étaient déployés de façon très gracieuse pour recevoir leurs invités. Alors, Mmes de Saint-Clair et d'Aiglemont, qui présidaient aux festivités, montèrent sur un tréteau aménagé à la lisière du bois.

Depuis un moment, il n'était plus question, dans la conversation des notables, que des charmes d'Athénaïs et d'Aglaé. Intrigué, Guillaume demanda à monsieur de Sales qui étaient ces personnes. Le conseiller lui répondit qu'Athénaïs et Aglaé étaient les noms rustiques que se donnaient Mmes de Saint-Clair et d'Aiglemont les jours de fête champêtre. Il précisa que ces dames auraient voulu, ces mêmes jours, que leurs époux fussent appelés Basile et Céladon. Mais le président et l'intendant s'y étaient toujours opposés avec la dernière vivacité car la dignité de leur fonction s'accommodait mal d'un nom de berger.

Mme de Saint-Clair demanda à ses invités de bien vouloir s'asseoir à terre. Mais les paysans la regardèrent sans réagir. Ils n'obtempérèrent que sur un signe de l'officier de justice, non sans s'être auparavant vigoureusement secoué le derrière, pour éviter de salir la pelouse. Très digne, Mme d'Aiglemont prit d'abord la parole pour célébrer les vertus de Lisette :

« La tache la plus légère, dit-elle, le moindre

soupçon, le plus petit nuage serait un titre d'exclusion susceptible d'écarter la plus chaste des jeunes filles de la couronne de roses. Il faut huit, seize, vingt quartiers de noblesse pour entrer dans certains ordres, dans certains chapitres. Mais des quartiers de probité, de mérite réel ne valent-ils pas mieux que ces quartiers-là ? Car enfin, ajouta la présidente d'une voix douce en regardant Guillaume, la noblesse du cœur n'est-elle pas la seule ? Oui, messieurs, oserai-je le dire, je la crois supérieure à celle du sang. »

Les aristocrates se regardèrent avec embarras et tout étonnés par la hardiesse du propos. Fort heureusement, Blanche de Saint-Clair annonça son intention de charmer la société par son bel esprit. Elle avait, disait-elle, composé un petit poème à l'intention de ses invités paysans. A ces mots les aristocrates dressèrent l'oreille avec ravissement mais la multitude resta inerte. L'intendante tendit les bras vers ses paysans et, avec un joli sourire et d'une voix fluette, elle leur parla en ces termes :

« Mes amis, mes amis, fruits d'une nature provide, vous qui fécondez la terre, noble race de la glèbe, heureux enfants de Déméter et de Perséphone, venez, et vous aussi, mes gentilles bergères, accourez...

Accourez, accourez, mes gentilles bergères,
Goûtez à nos côtés un moment de bonheur.
Quittez un court instant vos modestes chaumières,
et venez parmi nous égayer votre malheur.

Les aristocrates applaudirent du bout des doigts en se donnant des airs d'extase et de pâmoison et, à leur suite, les paysans, qui sentaient que le propos était empli de gentillesse, firent claquer leurs grosses mains.

L'officier de justice annonça ensuite que le compère Mathieu sollicitait de Mmes de Saint-Clair et d'Aiglemont la grâce de réciter en leur honneur un petit poème de sa façon. Mme de Saint-Clair accepta avec une exquise bienveillance. En vérité, le compliment était le fruit de l'inspiration poétique de M. de Sales, et l'officier de justice avait eu le plus grand mal à le faire apprendre par cœur au compère Mathieu. Le compère s'avança de sa démarche maladroite vers le tréteau, suivi de près par l'officier. Tremblant d'émotion, il faillit tomber à terre en gravissant les marches qui mènent au tréteau. Enfin, il prit la parole d'une voix confuse :

« "A vous de nos malheurs, déesses tétu..." comment qu'vous dites, m'sieu l'officier ?

— "Déesses tutélaires"... malheureux, lui glissa l'officier de justice dans le creux de l'oreille.

— "... Déesses tétulaires/A vous qui joi... gnez... habiles en l'art de braire/Les caquetants des graisses de la basse-cour"...

— Misérable, murmura l'officier, "A vous qui joignez, habiles en l'art de plaire/L'éclat piquant des grâces de la cour"...

— V'oui, m'sieu. "... habiles en l'art de paître-/L'état pétant des crasses de la cour..." Et après, m'sieu ?

— "Au cœur naïf d'une simple bergère."

— V'oui, m'sieu. "Au cœur naïf d'une simple ber... ber..." Comment qu' vous dites c' mot, m'sieu l'officier ?

— "Bergère", imbécile !

— V'la, m'sieu. "Au cœur naïf d'une simple imbécile." »

Les aristocrates applaudirent de nouveau du bout des doigts en se tournant vers M. de Sales pour le complimenter d'un hochement de tête. Et tandis que l'officier de justice s'acharnait discrètement sur le compère Mathieu à coups de genou au derrière, la multitude, émerveillée par le savoir-faire du compère, applaudissait dans un fracas épouvantable.

Là-dessus, Mme de Saint-Clair déclara qu'il était grand temps de célébrer les vertus de la rosière. Elle tendit les bras vers Lisette, qui avait pris place au premier rang parmi les aristocrates, et lui dit avec des inflexions de voix d'une délicatesse inouïe :

« Toi, ô Lisette, toi dont la voix ingénue se fait moins entendre sous les lambris dorés de Vaudrémont qu'à l'office du château ou sous les poutres vermoulues de la cabane de tes parents ! Viens, ô touchante sensibilité, compagne de la candeur et de la paix ! Viens, prête à mes discours ta douceur et tes charmes, daigne échauffer mon cœur de ce feu pur et sacré qu'anime la vertu. »

Délicieuse sous sa couronne de roses et dans sa parure immaculée, Lisette se détacha de son blanc cortège et, le visage orné du seul fard que lui donnait la pudeur, les yeux baissés, la corbeille de fruits sous le bras, elle gravit avec retenue les quelques marches qui conduisent au tréteau.

Soudain, Guillaume eut la révélation de cet air d'exquise fraîcheur et de cette grâce candide qui faisaient l'ornement de la fillette. Subjugué, le visage illuminé par cette vision radieuse, il se mit à la dévorer du regard avec un sentiment de profonde émotion.

Mme de Saint-Clair prit Lisette par la main, la regarda d'un air tendre et murmura :

Toi notre bonne amie,
Ces honneurs te sont dus.
Nous voyons sans envie
Couronner tes vertus.
Dans cette auguste fête,
Le prix de la candeur
Brille sur ta tête
Avec un grand bonheur.

Les aristocrates applaudirent une dernière fois du bout des doigts et, les solennités terminées, ils étaient sur le point de s'éparpiller dans le jardin lorsque le curé de Montigny vint timidement glisser quelques mots à l'oreille de Mme de Saint-Clair. Celle-ci remonta aussitôt sur le tréteau.

« Mes amis, mes amis, s'écria-t-elle, notre bon curé m'apprend à l'instant qu'il a quelque chose de très agréable à nous dire. »

A ces mots, les aristocrates se regroupèrent autour du tréteau.

« Eh bien voilà, dit le curé, je voudrais simplement m'adresser à nos braves paysans pour leur dire combien est grande mon humilité. Bien des curés se piquent en effet de faire des miracles en faveur de leurs paroissiens que la détresse accable. J'appelle cela, moi, de la vanité, et la vanité est le contraire de l'amour. Alors, pour bien faire sentir à mes paroissiens combien je les aime, je voudrais, à mon tour, leur dire la chose suivante :

Gens de bien, écoutez. Assister l'indigence
Est mon plus doux penchant et mon premier devoir.
Hélas ! je voudrais bien qu'il fût en mon pouvoir
De soulager tous ceux qui sont dans la
[souffrance.
Cela ne se peut pas, vous devez le savoir.
Ma cure, grâce à vous, est pourtant assez bonne.
Mais avoir sur les bras environ douze cents
Ou, pour ne point mentir, au moins mille indigents,
Comment voulez-vous faire et que faut-il qu'on
[donne ?

« Maintenant, poursuivit le curé en baissant la tête et en s'entrelaçant les doigts, j'ai le devoir d'ajouter que ma modestie serait de l'orgueil si je m'abstenais de confesser que ce petit poème est de ma composition. »

Des larmes d'émotion perlaient sur les joues des aristocrates et les paysans, qui savaient que leur curé ne pouvait dire que des gentillesses, manifestèrent bruyamment leur reconnaissance.

L'assistance se dispersa et l'on passa aux rafraîchissements campagnards. Les invités ne savaient que dire ni que faire et c'était chose touchante que de voir leurs seigneurs se faire un devoir de les rassurer, de leur servir de tout et de boire à leur santé avec cette affabilité qui n'est que le partage des honnêtes gens.

« Pour mon particulier, j' le connoissons ben, s'écria soudain le compère Mathieu en montrant du doigt un jambon.

— Et pour cause, compère ! répondit Mme de Saint-Clair de sa voix éclatante, c'est un jambon de campagne. Où irions-nous si nos braves paysans ne savaient même plus reconnaître ces sortes de choses.

— J' le connoissons ben. J' l'avons fumé tout l'hiver dans not'chaumière et quand l'estoit ben à point, m'sieu l'officier d' justice nous a venu l' quérir pour l' champart du seigneur.

— Oh ! que c'est beau ! s'écria Mme de Saint-Clair en souriant. Quel hasard ! quel magnifique hasard ! Mon Dieu que l'histoire est jolie ! Un vrai conte de fées, compère ! Aglaé... Aglaé... Venez, ma chérie, venez écouter la belle histoire que me conte le compère Mathieu. Eh bien, puisque c'est ainsi, tenez, compère. En voilà un bon gros morceau pour vous, vous l'avez bien mérité. »

Tout était prêt pour le bal champêtre. Et tandis que les musiciens donnaient la bourrée, l'assistance se disposa en cercle autour d'un espace réservé à la danse. Mais personne n'osa s'y aventurer.

Soudain, Lisette et Guillaume se détachèrent du groupe et, comme guidés par une main invisible et magique, ils s'avancèrent l'un vers l'autre en se regardant avec émotion.

Alors, aux accents d'une musique rustique, Guillaume prend Lisette et la soulève dans ses mains. Ô volupté pure ! Ô plaisir ineffable ! La décence sévère est encore maîtresse des cœurs, elle ne l'est plus des gestes. Mais cette douce familiarité n'en montre que plus l'innocence et la simplicité des mœurs, car Guillaume a soulevé sa cavalière avec plus de transport que d'adresse. La couronne de roses tombe, le ruban qui nouait ses cheveux se détache. Un rouge éclatant colore son visage. Un embarras timide ajoute encore à ses charmes. D'une voix unanime, on la prie de continuer sa danse sans relever ses cheveux. Épars et flottants, ils semblent changer de couleur aux rayons du soleil comme le col nuancé de la tendre tourterelle. Un feu pénétrant échauffe le sein de Guillaume et, déjà, il porte sur Lisette des regards avides. Il fixe sa taille, il scrute avec volupté les mouvements de ses bras arrondis, de ses jambes délicates, de son corps qui s'agite. Jusqu'au désordre de sa chevelure qui voltige, jusqu'aux plis ondoyants de sa jupe indiscrète qui se relève, tout en elle offre des grâces touchantes et subtiles, émeut, ravit, transporte.

La danse terminée, le père de Lisette verse de chaudes larmes et, sous le regard attendri de l'assistance, il s'élance vers Guillaume, il l'embrasse sur le front, il lui donne mille marques d'attachement pour le remercier de lui avoir offert, au moins une fois dans sa vie, l'inoubliable tableau d'une fille bien-aimée sous les traits d'une divinité descendue de l'Olympe.

« Monsieur, répond Guillaume à ce tendre père, comment ne pas aimer Lisette, la vertu elle-même lui rend hommage. »

Cependant, les yeux de la présidente étaient baignés de larmes. Elle baissa la tête pour cacher sa tristesse et se détourner de ce spectacle. Au milieu des sanglots contenus, son cœur se déchira. Elle réalisa qu'il était encore trop tôt pour renoncer aux artifices. Il lui faudrait, de nouveau, simuler, ruser, jouer. Jouer toujours, éternellement jouer. Ses traits se durcirent, ses yeux devinrent secs, son visage prit l'apparence d'un masque. Après un instant de réflexion, et tandis que la fête battait son plein, elle poussa un cri et s'effondra au milieu de ses invités.

Une intense agitation suspendit les festivités et gagna les aristocrates. MM. de Saint-Clair et de Sales se précipitèrent sur le corps inerte, le soulevèrent avec mille précautions, le transportèrent au château suivis de l'assistance en émoi, et le déposèrent sur un divan autour duquel tout le monde se disposa en cercle.

L'émotion était à son comble, mais Mme de Saint-Clair était comme foudroyée. La présidente venait de capter l'attention générale alors même qu'elle était sur le point d'offrir à ses invités paysans ce tour de danse rustique qu'elle préparait depuis six mois. Et tandis que ses yeux lançaient des étincelles de colère, elle se tourna vers Lisette qui regardait sa maîtresse d'un air hébété :

« Allons, allons, Lisette, s'écria-t-elle en secouant la servante par le bras. Quelle idée de rester là à ne rien faire. Tenez ! allez chercher les sels d'Angleterre. Vous voyez bien que votre maîtresse a ses vapeurs. Et d'abord, ma fille, que faites-vous dans ce déguisement ridicule ? Est-ce carnaval ?... Est-ce le moment de jouer ?... Allez... allez, en tenue de service ! Courez ! »

Puis, Mme de Saint-Clair s'élança à toute allure dans le jardin et se précipita comme une furie jusqu'à la grande pelouse où les paysans, qui ne comprenaient rien à ce tumulte, étaient restés cloués sur place, les yeux hagards.

« Eh bien ! leur cria-t-elle en agitant les bras. Que faites-vous encore là, vous ?... Vous voyez bien que la fête est terminée. Allez... Allez... rentrez chez vous. Allez... allez... rentrez dans vos cabanes. »

Dans le même temps, les notables entouraient la présidente en lui prodiguant mille marques de réconfort. Anne-Sophie se sentait le cœur plus chaud car Guillaume, qui s'était agenouillé près d'elle, lui tenait de doux propos :

« Chère cousine, lui disait-il de sa voix tendre, revenez à vous... de grâce... de grâce... Ne me laissez pas dans l'inquiétude. S'il devait vous arriver malheur, votre cousin serait le plus misérable des hommes... de grâce... revenez à vous, ma tendre cousine. »

Chacune de ces paroles caressait les oreilles d'Anne-Sophie avec tant de délicatesse que le sentiment de détresse qu'elle venait d'éprouver faisait place à un sentiment de bien-être, lorsque la voix solennelle de Monsieur Alexis retentit dans le salon :

« Madame la Présidente, M. le Président se meurt. »

A ces mots, tous les regards se tournèrent vers le valet.

« Ah... ah... murmura Anne-Sophie dans un soupir de langueur... cela fait trois mois qu'il se meurt.

— Madame la Présidente, fit Monsieur Alexis, ce sont les derniers soubresauts de l'agonie qui secouent présentement M. le Président.

— Ah... ah... il fait ça tous les jours depuis trois mois. »

Peu après, M. de Sales, qui s'était rendu au chevet du moribond, déclara à son tour :

« Messieurs, ce sont effectivement les spasmes de l'agonie finale qui secouent M. le Président. »

Un à un, les invités s'en allèrent assister le président dans ses derniers moments, délaissant la présidente qui se retrouva toute seule dans le grand salon. Cette cruelle et soudaine désaffection la frappait au cœur d'un moment de bonheur. Elle en conçut une atteinte si furieuse qu'il s'en fallut de peu qu'une syncope véritable ne fît suite aux vapeurs simulées.

« Le petit scélérat ! murmura-t-elle en fulminant. Il m'aura même fait ça !... Il m'aura poursuivie de sa cruauté jusque-là !... Ah ! le petit monstre... il avait trois mois pour mourir !... Il m'aura même volé cet instant-là de bonheur !... Je lui aurais tout pardonné, mais ça !... »

La présidente se réfugia un instant dans le silence, puis, clignant les yeux avec une expression de haine :

« Le petit scélérat !... S'il s'imagine mourir en beauté... S'il s'imagine avoir le dernier mot... Et puisqu'il ne sait toujours pas qui je suis, eh bien, je vais lui montrer, moi, ce dont je suis encore capable ! »

La présidente se redressa, rajusta son costume de

bergère et ses cheveux, releva la tête d'un coup de menton, afficha son air supérieur des grands moments et, plus belle que jamais dans sa majesté de glace, se dirigea vers l'escalier.

Lorsqu'elle pénétra dans la chambre mortuaire, sa dignité, sa fière allure et sa froide beauté firent si forte impression que tout le monde s'écarta sur son passage en faisant une révérence. Au chevet du mourant, et en face de M. de Montmorency, qui marmonnait quelque litanie latine, elle prit la main du président qui se recroquevilla autour de la sienne dans une convulsion spasmodique. Le moribond n'avait plus ses esprits. Ses yeux grands ouverts regardaient dans le néant, mais il ne reconnaissait personne.

Alors la présidente Anne-Sophie d'Aiglemont se pencha sur son époux, déposa un tendre baiser sur son front, et, d'un souffle imperceptible, lui glissa dans le creux de l'oreille :

« Monsieur le Président, c'est Lisette. »

Et tout aussitôt, entre deux râles d'agonie :

« Ah... Ah... C'est toi, Lisette... ah... ah... tu me laisses faire comme j'aime ?... allez... prends-les... tes deux écus... et laisse-moi faire comme j'aime... »

La présidente se pencha de nouveau sur son époux, l'embrassa sur le front, et, dans un même murmure :

« Monsieur le Président, je vous ferai tout.

— Ah... ah... Quoi !... tu me fais ça... et tu as attendu tout ce temps... Et tout ça parce que je t'ai faite rosière... Ah... ah... Que c'est bon... ah...

ah... continue... ah... ah... ne t'arrête pas... ah... ah... encore... cochonne ! »

Là-dessus, le visage du président se figea pour l'éternité dans une expression d'indicible bonheur.

Et tandis que M. de Montmorency fermait les yeux du défunt, Anne-Sophie releva la tête, regarda Guillaume, le souvenir du bal champêtre lui revint à l'esprit et elle éclata en sanglots en s'écriant :

« Aaah... Aaah... Je ne pourrai jamais affronter la solitude... Aaah... Aaah... jamais... »

A ces mots, Mme de Saint-Clair se précipita sur la présidente pour l'enlacer avec affection, et tandis que tout le monde regardait d'un œil attendri le spectacle émouvant de deux bergères compatissantes, elle s'écria à son tour en dominant de sa voix les hurlements de douleur de sa compagne :

« Vous ne serez pas seule, ma chérie, je suis là, je suis là.

— Aaah... Aaah... répondit la présidente, pourquoi ? oui, pourquoi fallait-il que cela m'arrivât, à moi ?

— Ce sont les décrets du destin, ma chérie, ce sont les décrets du destin.

— Aaah... Aaah... Que m'importe les décrets du destin en un pareil moment ? que m'importe ! »

Alors, dans un doux murmure que chacun croyait de consolation, l'intendante glissa quelques mots dans l'oreille d'Anne-Sophie tout en l'embrassant tendrement sur la joue.

« Vous voilà veuve, madame, le bel avantage !

— Ne l'ai-je pas mérité, madame, depuis le

temps que cela devait m'arriver ? chuchota Anne-Sophie.

— Un peu de pudeur ! S'il vous plaît. Songez à toutes celles qui doivent attendre d'avoir des rides avant d'en arriver là.

— Songez vous-même à tout le profit que vous avez tiré de ma présence au chevet de mon époux pour prendre quelques bonnes coudées d'avance avec le petit Tonon-Laroche.

— N'exagérons rien, madame, la maladie de votre époux n'avait rien de grave puisqu'elle le mettait dans l'incapacité de vous contraindre, et que vous en avez profité tout autant que moi. »

Les deux femmes relevèrent la tête et Anne-Sophie hurla :

« Aaah... Aaah... Le docteur Leduc m'avait pourtant promis qu'il me le conserverait tout l'hiver.

— Ma chérie, ma chérie, répondit Mme de Saint-Clair, le docteur Leduc propose, Dieu dispose.

— Aaah... Aaah... Dites-moi que c'est un cauchemar... dites-moi que c'est un cauchemar... »

Et de nouveau, joue contre joue, ce furent les chuchotements et les baisers :

« En ce qui concerne le petit Tonon-Laroche, murmura Mme de Saint-Clair, avouez quand même que vous avez su tirer le meilleur parti de votre situation d'épouse malheureuse... Au fait, bravo pour le coup des vapeurs.

— Allons, allons, madame, c'est peu de chose à côté du coup du médaillon égaré ou de la petite Marion dans le lit de Guillaume.

— Ne faites pas l'ange. Vous m'avez bien inventé

un nourrisson qui termine ses études à La Flèche, et vous colportez cette chimère à tous les carrefours. »

Puis les effusions reprirent, plus bruyantes que jamais.

« Aaah... Aaah... cria la présidente, je savais que c'était grave, mais de là à supposer... mais de là à supposer...

— Mais comment pouviez-vous... mais comment pouviez-vous... ma chérie.

— Aaah... Aaah... Il est mort... mort pour la vie ! »

Mme de Saint-Clair et Anne-Sophie se penchèrent l'une vers l'autre et, tout en se caressant les cheveux, les deux femmes suivirent le cours de leurs murmures câlins.

« Mais vous-même, dit Mme de Saint-Clair, reconnaissez que vous jouez à merveille des vertus du petit cousinage.

— Que voulez-vous, madame, à chacun ses armes.

— A propos d'armes, demanda l'intendante, connaissez-vous la coutume de Lorraine ?

— Et vous, connaissez-vous la règle *pater est quem* ?

— Je vois, vous êtes au parfum. Et je gage que vous avez déjà choisi le papa. Mais n'ayez crainte, moi aussi, j'ai mes astuces.

— Tout juste, madame, vos astuces et le bel esprit. Moi, j'ai un plan. »

Soudain, la présidente se redressa et poussa de nouveaux hurlements de détresse.

« Aaah... Aaah... Et moi qui croyais que ce genre

de chose n'arrivait qu'aux autres... Veuve !... Je suis veuve ! »

— Veuve ! mais plus grande que jamais dans la douleur, ma chérie.

— Aaah... Aaah... Le pauvre chéri s'en est allé, et moi, je suis toujours là... Quoi ! Quoi ! Mais qu'est-ce que je fais là ? Mais qu'est-ce que je fais là ? Aaah... Aaah... J'ai honte de vivre ! »

Et comme la présidente perdait tout à fait ses esprits, M. de Montmorency s'en approcha avec un air de compassion, lui prit la main, et dit :

« Madame, vous êtes la présidente de Vaudrémont, et vous devez vivre. Sachez vous soumettre aux volontés du Tout-Puissant et surmonter cette épreuve avec le courage que l'on vous connaît, car les devoirs de la veuve doivent faire suite dans l'harmonie aux devoirs de l'épouse, et c'est ainsi que le veut le président. »

Anne-Sophie baisa la main de l'évêque et s'agenouilla, mains jointes, à ses pieds. Alors, dans la paix retrouvée, sous le regard ému de tous et dans un grand moment de communion, la présidente de Vaudrémont eut un sourire baigné de larmes et répondit avec des accents de majesté :

« Oui, monseigneur, il est de mon devoir de vivre, car il faut, désormais, que vive en moi le président. »

Ainsi mourut Charles-Henri-Gaspard-Amédée d'Aiglemont, comte de Vaudrémont, descendant en ligne directe des ducs de Lorraine et des comtes de Flandre, le vingt-cinquième du nom, nanti de vingt-sept quartiers bien attestés de noblesse, président de parlement, conseiller honoraire au parlement de Paris, grand-croix de l'ordre de Malte, haut dignitaire de l'ordre du Saint-Sacrement, chevalier du Saint-Esprit et de Saint-Louis, seigneur de Montigny, de Verneville, de Liocourt et de Louvigny.

Ses funérailles se déroulèrent au milieu d'un faste et d'une pompe grandioses. L'office funèbre fut célébré, à la cathédrale de Metz, au son des grandes orgues et de la messe de requiem de Jean Gilles. Derrière la présidente de Vaudrémont drapée dans la majesté de son deuil, les grands de Lorraine s'étaient déployés dans un apparat mêlé de crêpe. On arborait des visages de marbre et une affliction profonde, car chacun sentait bien que la mort du président sonnait le glas de tout un monde.

Au cours de l'éloge funèbre, M. de Montmorency annonça son intention de ne pas évoquer le prestige du président d'Aiglemont et la splendeur de ses charges que chacun connaissait. Il préférait, disait-il, rendre un dernier et solennel hommage à l'homme de cœur et, à cet égard, il évoqua cette lente et douloureuse agonie dans laquelle, avec le soutien d'une épouse tendre et vertueuse, Charles-Henri d'Aiglemont avait retracé par son courage, sa dignité et son abnégation, toutes les vertus qui font l'éminence de la noblesse du royaume.

La dépouille mortelle du président fut inhumée dans le chœur de l'église paroissiale de Montigny et sur sa pierre tombale on fit graver en lettres d'or l'épitaphe dont il avait toujours rêvé :

duc ne daignais
roi ne pouvais
MAIS D'AIGLEMONT JE FUS

Onze mois plus tard, la présidente mettait au monde un enfant mâle de bonne conformation. Peu après la déclaration de grossesse, les Saint-Clair avaient intenté une action en illégitimité. Par un arrêt du parlement de Metz en date du 3 août 1789, le petit Charles-Marie-Joseph d'Aiglemont fut néanmoins confirmé dans ses titres et privilèges, mais il les perdit, quelques heures plus tard, dans la nuit du 4 août, sur l'autel de la nation.

En juillet 1791, la fête de la Rose se transforma en émotion populaire. Le président d'Aiglemont fut pendu en effigie, sa tombe profanée et son cadavre exposé en place de Montigny, à la lueur d'un feu de joie, au milieu de la foule des paysans en liesse.

En septembre 1792, la présidente de Vaudrémont épousa Guillaume dans une intimité de circonstance. Leur union fut bénie par un prêtre réfractaire, et quelques jours plus tard, tous deux partirent pour Koblenz.

Achevé d'imprimer en avril 1987
sur presse CAMERON
dans les ateliers de la S.E.P.C.
à Saint-Amand-Montrond (Cher)
pour le compte des éditions Grasset
61, rue des Saints-Pères, 75006 Paris

N° d'Édition : 7280. N° d'Impression : 693.
Dépôt légal : avril 1987.

Imprimé en France

ISBN 2-246-33461-6